연결하는
소설

미디어로 만나는 우리

연결
하는 ———— 소설

김애란
구소현
오선영
서이제
김혜지
임현석
김보영
전혜진

창비

'미디어' 없는 삶,
상상해 본 적 있나요?

여러분은 하루 동안 무엇을 하며 어떻게 일상을 보내고 있나요?

현대의 많은 사람들은 스마트폰 알람 소리를 듣고 일어나 하루를 시작합니다. 이동할 때는 좋아하는 가수의 음악을 듣거나 관심 있는 영상을 보기도 하고요. 인터넷을 통해 크고 작은 문제를 해결하고, 하루 중 특별했던 순간을 SNS에 기록하여 타인과 공유하기도 하죠. 생각해 보면 우리의 일상은 '미디어'로 연결되지 않은 것이 없다고 해도 과언이 아닌 듯합니다. 이렇게 미디어는 우리에게 친숙하고, 또 우리가 주변에서 흔히 접할 수 있는 단어이지만 그만큼 너무나 당연해서 그 가치와 무게를 잊고 지내기 쉽습니다. 마치 공기처럼요.

사회적 동물인 인간은 문자가 발달하기 이전인 원시 시대부터 소리, 몸짓, 그림 등으로 정보를 전달하며 끊임없이 타인과 소통해 왔습니다. 이렇듯 매체 즉, 미디어란 인간 사회에서 자신의 의사나 감정 또는 객관적 정보를 서로 주고받을 수 있도록 마련된 수단을 가리키는 말이죠. 미디어의 발달 및 변천 과정에 따라 미디어 이용 양상 역시 조금씩 변화해 왔습니다. 매스 미디어가 보급되면서 사람들은 보다 신속하게 정보를 받아들이게 되었고, 단순 소비자였던 미디어 이용자는 SNS와 같은 뉴 미디어의 등장으로 정보를 생산하고 창작하는 역할도 맡게 되었습니다. 현대 사회에서 미디어는 정보 매개 수단을 뛰어넘어, 인간이 살아가는 사회 전체를 통괄하고 제어하는 기능까지 갖게 되었습니다.

　사회를 지배할 정도로 미디어의 영향력이 커진 세상을 맞닥뜨리며, 이제 우리는 어떠한 태도와 지향으로 미디어를 대할 것인지 고민하지 않을 수 없습니다. 정보가 생산되는 사회·문화적 맥락을 파악하고, 나에게 필요한 정보를 취사선택하여 새로운 형태로 가공한 뒤 올바른 방향으로 활용하는 '미디어 리터러시'가 더욱 중요해졌습니다. 더불어 급격한 기술 발달과 사회 변화 속에서도 인간의 존엄성을 잃지 않는 법까지 함께 고민하고 성찰해야 할 시기가 되었습니다. 이러한 시대적 요구에 따라 새로운 교육과정에서도, 디지털 문해력 함양을 위한 디지털 기초 소양 교육을 모든 교과에 반영하고 있습니다.

이 책은 미디어의 변천 과정에 따라 기본적인 의사소통 수단인 '언어'에서부터 '인쇄 미디어', '매스 미디어', '소셜 미디어', '미래의 미디어'를 소재로 하여, 미디어가 사람 간의 소통에 어떠한 역할을 하는지, 미디어의 고유한 속성이 각각 어떠한 힘을 갖는지 등을 살펴볼 수 있는 여덟 편의 작품으로 이루어져 있습니다. 이 작품들을 통해 의사소통 수단을 넘어 수많은 정보, 보이지 않는 내면까지 담아낼 수 있는 미디어의 가능성과 슬기로운 활용 방법을 찾아보았으면 합니다. '말'이라는 무형의 매체로부터 미디어의 본질이 무엇인지 고민해 보고, 우리의 삶을 편집하는 미디어를 바라보며 온전하고 진실된 연결과 연대로 나아갈 수 있는 방법까지 논의해 보면서요. 아울러 학교 현장에서는 미디어의 무게와 중요성에 대해 청소년들이 함께 고민하고 또 활발히 토론할 수 있길 바랍니다.

소설은 개인의 삶과 시대의 모습을 들여다보고 반추하도록 하는 '미디어'입니다. 다양한 미디어 속 정보 읽기와 활용 능력을 교육하는 사서 교사인 우리는, 교과서적인 '가르침'보다는 '이야기'의 힘을 믿고 있습니다. 여덟 편의 이야기를 읽은 많은 이들이 마음의 울림에 따라 스스로 고민하며 길을 찾을 수 있기를 바라면서요.

미디어 없는 삶을 상상하기 어려운 현재를 살아가는 여러분에게, 이 책에 실린 '나'와 '타인' 그리고 '세상'을 연결하는 여덟 편의 이야기가 앞으로의 더 나은 삶을 향한 하나의 물꼬가 되기를 희망합니다. 미디어로 둘러싸인 세상 속에서 결코 미디어에 잠식되지 않고 슬기롭게 해석하고 생산하며, 책임감 있게 자신의 삶을 꾸려나가길 응원합니다. 나아가 때로는, '미디어'라는 창문을 열고 타인의 삶 속으로 기꺼이 들어가 진실된 소통으로 연대하고 더불어 살아가는 우리가 되길 희망합니다.

숨 가쁘게 변화하는 세상에서 인간다움에 대한 치열한 고민을 작품 속에 담아 주신 작가님들과 이 모든 것을 연결해 주신 편집부에 감사드립니다.

2023년 6월
'나'와 '너' 사이의 진실된 '연결'을 꿈꾸며

차례

김애란

2002년 단편 소설 「노크하지 않는 집」으로 대산대학문학상을 받으며 작품 활동을
시작했다. 소설집 『달려라, 아비』, 『침이 고인다』, 『비행운』, 『바깥은 여름』, 장편
소설 『두근두근 내 인생』 등을 썼다. 이효석문학상, 신동엽창작상, 김유정문학상,
한무숙문학상, 이상문학상, 구상문학상, 동인문학상 등을 수상했다.

침묵의
미래 _____ 01

나에게는 오래된 이름이 있다. 그 이름은 길다. 그 이름을 다 부르기 위해서는 누군가의 평생이 필요하다. 어떤 이는 그것도 너무 짧은 기간이라 말한다. 몇백 혹은 수천 년 동안 한 번도 쉬지 않고 불러야 겨우 호명할 수 있을 거라고. 그런데도 누가 정말 그걸 다 불렀다면 그때 그가 발견하는 건 내 이름의 길이가 배로 늘어났다는 사실일 거라 말한다. 내 이름을 듣고 나도 내 이름을 잊었다. 내 이름이 궁금할 적마다 나는 내 이름이었거나 내 이름의 일부였을지 모를 기억을 더듬는다. 그러면 어렴풋이 몇몇 단서가 떠오른다.

나는 누구일까. 그리고 몇 살일까.

태어나 내가 처음으로 터뜨린 울음, 어쩌면 그게 내 이름이었을

지 모른다. 죽기 전, 허공을 향해 알 수 없는 말을 내뱉은 어떤 이의 절망, 그것이 내 얼굴이었을지 모른다. 복잡한 문법 안에 담긴 단순한 사랑, 그것이 내 표정이었는지 모른다. 범람 직전의 댐처럼 말로 가득차 출렁이는 슬픔, 그것이 내 성정이었는지 모른다. 나는 내 이름을 못 왼다. 하지만 내가 누구인지 설명할 순 있다. 당신이 누구든 내 말은 당신네 말로 들릴 것이다.

나는 오늘 태어났다. 그리고 곧 사라질 것이다. 우리는 모두 공평하게 하루씩 산다. 노인으로 태어나 하루 더 늙은 뒤 노인으로 죽는다. 그 하루는 어느 종種의 역사만큼 길며, 그 종의 하품만큼 짧다. 우리는 태어나자마자 우리의 이력을 단숨에 학습한다. 전생前生으로 태어나 전생으로 죽는다. 우리가 우리의 고유한 단어를 발음하면, 저 멀리 심연으로부터 여러 개의 시간이 물수제비뜬 듯 퐁, 퐁, 퐁 하고 단번에 뜀박질해 다가온다. 시공時空이 밀려온다. 아마 당신네 말도 그럴 것이다. 그것이 오래된 말이기만 하다면, 그렇다면.

나는 누구일까. 그리고 몇 명일까.

나는 이 세계에서 하나의 언어가 사라진 순간, 그 말에서 빠져나온 숨결과 기운들로 이뤄진 영靈이다. 나는 커다란 눈[目]이자 입[口], 하루치 목숨으로 태어나 잠시 동안 전생을 굽어보는 말[言]이다. 나는 단수이자 복수, 안개처럼 하나의 덩어리인 동시에 각각의 입자로 존재한다. 나는 내가 나이도록 도운 모든 것의 합, 그러나 그 합들이 스스로를 지워 가며 만든 침묵의 무게다. 나는 부재 不在의 부피, 나는 상실의 밀도, 나는 어떤 불빛이 가물대며 버티다 훅 꺼지는 순간 발하는 힘이다. 동물의 사체나 음식이 부패할 때 생기는 자발적 열熱이다.

나는 누구일까. 그리고 어디 살까.

나는 구름처럼 가볍고 바람처럼 분방해 시시각각 어디로든 이동한다. 그러다 나와 비슷한 것과 쉽게 결합한다. 다른 영과 만나 몸을 쉰다. 몸을 불려 시상에 그림자를 드리운다. 그 그늘로 단어에 수의壽衣를 입힌다. 나는 시원이자 결말, 미지이자 지, 거의 모든 것인 동시에 아무것도 아닌 노래다. 나는 이렇게밖에 나를 설명하지 못한다. 다른 부족의 몇몇 문법을 빌려 말한대도 마찬가지다. 우리에겐 뚜렷한 얼굴이나 몸통이 없다. 그렇지만 우리는 우리가 누구인지 안다.

오늘 나는 세상에 단 하나뿐인 언어로 얘기하다 하나뿐인 죽음을 맞이한 누군가를 떠났다. 그는 후두암에 걸린 노인이었다. 그리고 검은 피부에 놀라우리만치 희고 무성한 속눈썹을 가지고 있었다. 그의 목울대에는 조그마한 구멍이 나 있었다. 그는 그 구멍으로 말했다. 그 작고 둥근 기관이 나의 마지막 집[家]이었다. 물론 나는 그의 가슴이나 머리, 눈동자 속에도 머물렀다. 하지만 그의 호흡과 근육, 의지를 빌려 바깥을 쏘다녀야 나답게 움직일 수 있었다. 빈번히 오염되고 타인과의 교제에 자주 실패해야 건강해질 수 있었다. 물론 가끔 회복될 수 없는 실패도 있었지만. 내가 아는 한 그런 일을 겪지 않은 영은 없었다. 어릴 때 그는 달리기를 잘하는 소년이었다. 소년의 꿈은 자신의 두 다리로 할 수 있는 한 가장 먼 데까지 가 보는 거였다. 훗날 그는 정말 그 일을 해냈다. 그런 꿈을 품은 지 정확히 이십 년이 흐른 뒤였다. 그렇지만 그때, 그로부터 가장 멀리 떨어진 곳은, 며칠간 뛰고 걷고 다시 달리길 반복해 그가 마침내 도착한 곳은…… 그의 고향이었다. 그는 아흔두 살의 나이로 생을 마감했다. 그리고 숨을 거두기 전, 마지막으로 꼭 할 말이 있다는 듯 허공에 가쁜 숨을 토해 냈다. 하지만 그의 말을 알아듣는 이는 아무도 없었다. 그 말의 유일한 화자이자 청자가 바로 자신이었기 때문이다. 노인이 목에 낀 보조 장치에서 연신 불안정하고 괴상한 기계음이 났다. 같은 언어권 사람이라도 고도의 집중력을 발휘해야 알아들을 수 있는 소리였다. 그는 주파수가 잘못 잡힌 라디오처럼 연신 지지직댔다. 하지만 자신이 하는 말을 온전히 이해하고 있었다. 눈감기 전, 그는 자기 말을 알아듣는 누군가가 한 명쯤 곁에 있길 바랐다. 나이나 성, 직업 또는 성격은 상관없었다. 상대가 극악무도한 범죄자라도 괜찮을 것 같았다. 내 마지막 화자, 검은 피부에 우아한 속눈썹을 가진 노인은 누군가

자기 말에 귀 기울이고 눈 맞춰 준 뒤, '혼자가 아닌 누군가와 같이 하는 건 몹시 오랜만'인데다 '너무 평범하고 친근해 눈물이 날 것 같은' 모국어로 뭐라 대꾸해 주길 바랐다. '응'이나 '그래' 같은 아주 간단한 말이라도, 그뿐이라도.

이곳에는 몸이 불편한 사람이 많다. 대부분 어느새 훌쩍 나이를 먹어 버린 탓이다. 그중에는 비록 앞을 보진 못하나 누구보다 비상한 기억력을 가진 노파도 있고, 어릴 적 배운 여섯 부족의 언어로 만날 헛소리를 지껄이는 치매 노인도 있다. 한때 뛰어난 샤먼이었으나 지금은 누구의 존경도 받지 못하는 중이염 환자도 있고, 도시에 나가 멋진 소비자가 되는 게 꿈이었으나 지금은 어떤 꿈도 꾸지 않고 그저 후식으로 탄산음료가 나오기만 기다리는 전사戰士도 있다. 이들은 모두 이 세계에 단 하나뿐인 언어를 구사하는 '마지막 화자'들이다. 그리고 대부분 혼자 산다. 이들은 이미 오래전에 자신이 쩌렁쩌렁한 모어母語 한복판에, 우주 한가운데 버려졌다는 걸 안다. 시끌벅적한 시장에서 엄마를 잃어버리고 뒤늦게 울어 봐야 소용없었다. 다 죽고 살아남은 건, 오직 자기 자신과 엄청나게 아름답고 어마어마하게 정교해 혼자서는 도저히 감당이 안 되는 그 '말'뿐이란 걸…… 결국 받아들여야 했으니까. 이들은 깊이를 알 수 없는 어둠과 침묵 속에서 자신에게 일어난 일을 이해하려 애썼다. 하루 중 대부분의 시간을 스스로를 다독이고 설득하는 데 다 썼다. 누구든 세상에 홀로 남겨질 수 있고 마지막 화자가 될 수 있지만 그게 하필 '나'라는 걸, 지금도 그렇고 앞으로도 그럴 테며, 그 사실은 영원히 바뀌지 않을 거란 걸 납득해야 했으니까. 그 단순한 현실을 인정하는 데 누군가는 평생이 걸렸다. 어떤 이는 죽는 날까지 상황이 바뀔 거라는 희망을 버리지 않았다. 기적처럼 누군가 방문을 열고 들어와 자기네 부족 말로 아침 인사를 건네주기를. 연민도, 경멸도, 호기심도 없는 얼굴로 이런저런 쓸데없는 말들을 늘어놔 주기를 바랐다. 하지만 그런 일은 일어나지 않았다. 이곳 사람들은 '혼자'라는 단어를 닳아 없어질 때까지 만지고 또 만졌다. 몸에 좋은 독이라도 먹듯 날마다 조금씩 비관을 맛봤다. 고통과 인내 속에서, 고립과 두려움 속에서, 희망과 의심 속에서 소금처럼 하얗게, 하얗게 결정화된 고독…… 너무 쓰고 짠 고독. 그 결정結晶이 하도 고유해 이제는 누구에게도 설명할 엄두를 내지 못한다. 입을 잘못 떼었다가는 한꺼번에 밀려오는 감정과 말의 홍수에 휩쓸려 익사당할지 모르니까.

∞

이곳은 외부와의 접촉이 제한된 특별 구역이다. 이곳은 거대한 규모와 수려한 경관을 자랑하는 기념관인 동시에 학습장, 연구소, 민속촌으로도 쓰인다. 정식 이름은 '소수 언어 박물관'. 이 세계에서 사라져 가는 언어를 보존하고 연구한다는 취지로 설립됐다. 박물관 부지로 선정된 곳은 '중앙' 사람들조차 고개를 갸웃거린, 이름이 알려지지 않은 낯선 고장이었다. 붉고 메마른 땅이 끝도 없이 펼쳐진 벌판이었다. 박물관 설립 계획이 발표되고 얼마 지나지 않아 이곳으로 온갖 중장비를 실은 차량이 흙먼지를 일으키며 몰려왔다. 그러고는 뚝딱뚝딱 선못질을 하더니 순식간에 모든 공사를 마치고 돌아갔다.

지금 이곳에는 천여 명의 화자가 천여 개의 언어를 지키며 산다. 정해진 규율과 방식에 따라 낮에는 박물관에서 일하고 밤에는 기숙사에 머무는 식이다. 하나의 전시실은 하나의 언어를 대표하고, 각 전시실은 조상 대대로 내려오는 각 부족 양식에 따라 지어졌다. 한 칸의 전시실 안엔 한 명 이상의 화자가 해당 부족의 전통 의상을 입고 상주한다. 대부분 혼자이지만 아주 드물게 둘 이상일 때도 있다. 남남이거나 부부이거나 노인과 아이의 조합으로 이뤄진 '표본'이랄까. 종일 홀로 전시실을 지키는 사람들은 짝 있는 이들을 굉장히 부러워했다. 짝끼리 사이가 나빠 거의 대화하지 않는 '샘플'이라도 그랬다. 상대적으로 사이가 좋은 커플은 상대가 자기보다 먼저 죽으면 어쩌나 근심하느라 얼굴이 핼쑥했다. 이 안에서 어떤 이들은 고독 때문에, 또 어떤 이들은 고독을 예상하는 고독 때문에 조금씩 미쳐 갔다.

천여 개의 전시실은 각 지역의 기후와 풍경, 건축 재료와 전통 방식에 따라 다양하게 복원됐다. 하지만 대부분 어색하고 볼품없는 모양이었다. 스티로폼 위에 성의 없게 페인트칠을 해 만든 바위며 플라스틱 소재의 야자나무, 기둥과 마루 이음매마다 시멘트 자국이 거칠게 남은 원두막은 물론이거니와 각 부족의 특징을 무시하고 아무 데나 세워 놓은 백인 마네킹이 그랬다. 이곳을 설계한 이들은 부족과 부족 사이에 충분한 공간이 주어져야 한다고 판단했다. 현존 구성원이 총 세 명도 안 되는 공동체라 해도 그들이 수천 년간 쌓아 온 역사와 문화가 숨 쉴 물리적 공간이랄까, 시공이 충돌하지 않을 거리가 필요했다. 이곳이 정말로 무언가를 '보존'하고 있는 데라는 인상을 주기 위해서라도 그래야 했다. 비록 실물이 아닌 모형이라는 걸 모두가 자각한 채 보고 있다 해도 그것이 너무 가짜 느낌이 나선 안 되었다.

지리적 특징에 따라 굵직굵직한 덩어리로 나뉜 전시관은 인공 연못과 언덕, 대숲과 오솔길을 따라 드문드문 이어졌다. 샛길 사이사이 관리실과 매점, 기숙사, 공중화장실도 적절하게 안배돼 있었다. 매표소에서 공짜로 배포하는 그림지도에는 각 건물에 번호가 매겨져 있었다. 천천히 다 둘러보려면 꼬박 며칠이 걸리는 규모인 터라, 방문객 대부분이 그중 일부만 살펴보고 갔다. 이곳에서 가장 볼만한 건 중앙 분수대였다. 말이 '분수대'이지 구멍에서 물줄기 대신 '말'이 흘러나오는 독특한 조형물이었다. 조형물의 지지대 역할을 하는 금속 기둥 위로 투명하고 커다란 구球가 얹어져 있었다. 겉면에 여섯 대륙의 실루엣이 반투명하게 새겨진 지구본이었다. 유리로 된 투명한 구 안에는 여러 형태의 문자가 반짝이며 자유롭게 떠다녔다. 여러 종류의 언어를 홀로그램을 이용해 빛으로 형상화한 거였다. 사람들은 구에 담긴 말들이 춤을 추듯 활달하게 움직이는 모습을 좋아했다. 그것은 환한 조명을 받으며 오전 내내 쾌활하게 떠다녔다. 그러고는 정오가 되면 잠시 움직임을 멈췄다, 유리구가 꽃잎 모양으로 벌어지면 그 아래로 폭포처럼 쏟아졌다.

　중앙에선 이곳 소수 언어 박물관에 많은 돈을 들였다. 그리고 그 비용과 부채를 관광 수입이 메워 줄 거라 계산했다. 하지만 이먼 데까지, 로켓도 공룡 화석도 아닌 겨우 사라져 가는 언어나 보자고, 흙먼지를 뒤집어쓰고 오는 이는 많지 않았다. 이곳이 동물원이거나 로봇 전시관, 하다못해 기생충 박물관이었다면 달랐을 거다. 박물관은 만성적인 적자에 시달렸다. 천여 명의 거주자를 거둬 먹이는 데 필요한 경비는 물론이고 공과금마저 빠듯했다. 결국 중앙에선 푯값을 두 배 올리기로 결정했다. 방문객 숫자는 더 줄어들어 지금 이곳을 찾는 이는 거의 없다. 있다 해도 하루 몇십 명이 전부다. 그렇지만 그 몇 안 되는 방문객을 위해 천 명 이상의 사람들이 일한다. 그 일이 고작, 어설프기 짝이 없는 전시실에 앉아 방문객을 하염없이 기다리는 거라 해도. 이들은 묵묵하게 제자리를 지킨다. 모두 기념우표 같은 얼굴을 하고, 하루 종일. 그리고 어쩌다 두세 명의 손님이 오면 벌떡 일어나 자신의 모국어를 몇 마디 들려준 뒤 춤추고 노래한다. 전시실 한쪽에는 이들 언어의 활자 모형과 책, 민속품 등이 놓여 있다. 기하학적 무늬가 새겨진 칼이며 색색의 술이 달린 머리 장식, 식물의 줄기를 이용해 만든 바구니 등이다. 주술과 역사와 노래가 담긴 콤팩트디스크는 현장에서 특별 할인가로 판매됐다.

중앙은 멸종 위기에 처한 언어를 보호하고 경각심을 일깨우기 위해 이 단지를 세웠다. 결과는 정반대였다. 그리고 그건 중앙에서 내심 바라는 바였다. 그들은 잊어버리기 위해 애도했다. 멸시하기 위해 치켜세웠고, 죽여 버리기 위해 기념했다. 어쩌면 처음부터 모두 계산된 거였는지 몰랐다. 오늘도 이곳에선 오래된 언어 하나가 거짓말처럼 사라졌다. 보름에 한 번꼴로 일어나는 일이라 이제 놀라는 사람도 없다. 그리고 그렇게 마지막 화자를 떠나 하늘로 오른 존재 중 하나가 나다. 나는 내 전생을 조각조각 떠올리며 저 아래, 누군가 버리고 간 이곳의 입장권을 굽어본다. 그것은 바람에 몸을 뒤집으며 이리저리 뒹굴고 있다. 질 나쁜 종이 위로 화려한 전통 의상을 입은 사람들이 일제히 손 흔들며 웃고 있는 모습이 보인다. 나는 그들에게 미소로 답한다. 그게 우리의 직업이었으니까. 웃는 것, 또 웃는 것. 무슨 일이 있더라도 웃는 것. 그리하여 영원히 절대로 죽지 않을 것처럼 구는 것.

∞

이곳은 오전 여덟 시부터 오후 여섯 시까지 개방된다. 밤이 되면 박물관 문이 잠기고 단지 내 모든 불이 꺼진다. 이때 이곳의 풍경은 한밤중 만조에 잠긴 갯벌처럼 고요하고 캄캄하다. 천여 명의 화자가 묵는 기숙사는 야트막한 언덕을 경계로 단지 내 가장 깊숙한 곳에 자리해 있다. 그 위치는 박물관 안내 책자나 지도에 표시돼 있지 않다. 천여 명의 화자는 어디에도 존재하지 않는 채 존재하는 형태로 존재한다.

기숙사에 머무는 이들은 모두 공동 규율을 지켜야 한다. 소등 시간과 취침 시간 준수는 기본이다. 이들은 전시실에 있을 때나 자신인 척할 뿐 해가 지면 중앙식으로 지어진 기숙사에서 중앙식으로 잔다. 밥도 규격화된 식판에 받아 중앙식으로 먹고 용변도 정해진 장소에서 중앙식으로 본다. 그렇다고 이들이 '중앙'인가 하면 그렇지 않다. 이들은 단체 사진 속에서 점점 흐릿해져 가는 유령처럼 모호하게 존재한다. 단지에선 이들에게 중앙 언어를 체계적으로 가르치거나 강요하지 않았다. 의사소통 체계가 통일되면 문제가 생길 수 있다고 판단했기 때문이다. 관리자들은 각 언어의 고유성을 지킨다는 명분으로 타 부족끼리 말 섞는 걸 금지했다.

지금 이곳에 모인 이들 대부분은 고아다. 박물관뿐 아니라 세계 어딜 가도 이젠 혼자라는 점에서 그렇다. 지구에는 여전히 많은 소수 민족이 있고 그들이 쓰는 말들 역시 산재하나, 그렇다고 해서 누구나 이곳에 들어올 수 있는 건 아니다. 중앙에서는 한 언어의 실사용자가 열 명 미만인 경우에 한해 입주를 허했다. 언론에선 이들 모두에게 입주 동의를 구한 거라 떠들어 댔지만 이곳에 온 많은 이들이 중앙에서 말하는 '동의'의 정확한 뜻을 알지 못했다. 누군가는 엉겁결에 강제 이주를 당한 거라 했고, 어떤 이는 동의서 따위 구경도 못했다고 했다. 말이 좋아 소집이지 수집이고 징집이며 사냥이라고까지 소리치는 사람도 있었다. 물론 그 말을 알아듣는 사람은 아무도 없었다. 혈기 좋게 항의하던 이들도 이제 나이를 먹어 무거운 침묵 속에 잠긴 노인이 됐다. 마지막 화자가 됐다. 박물관은 해당 언어의 마지막 사용자가 세상을 떠도 전시실을 그대로 유지한다는 방침을 세웠다. 전시관에선 보름에 한 번꼴로 방 하나가 비었다. 생전 화자가 앉아 있던 자리는 마네킹이 대신했다. 칠 벗겨진 입술로 어색한 미소를 지은 채 어쩐지 늘 한 치수 커 보이는 옷을 입고서였다. 더불어 전시실 앞에는 압류 딱지마냥 붉은색으로 '멸滅'이라는 의미의 중앙어가 박혔다.

전시관을 지키는 이들의 일과는 비슷했다. 이들은 전시실 한쪽에 오도카니 앉아 있다 관람객이 오면 벌떡 일어나 자세를 가다듬고 몇 마디 회화를 했다. 주로 '안녕하세요?'라든가 '제 이름은 아무개입니다.', '우리 아버지가 지어 줬지요.' 같은 간단한 인사말이었다. 반복하는 문장은 전시실마다 조금씩 달랐다. '땅의 정령이 여러분의 방문을 허락한다.'고 말하는 이도 있고, '이곳을 통과하려면 당신도 우리 조상 말로 얘기해야 한다.'며 가짜 엄포를 놓는 화자도 있었다. 관람객은 귀에 작은 기기를 꽂고 이들 말을 중앙 말로 걸러 들었다. 그러곤 가이드의 안내를 따라 형식적으로 이곳저곳을 둘러본 뒤 가끔 무례하고 어리석은 질문을 하고 돌아갔다. 드물게 어떤 이들은 귀에서 그 작은 기기를 빼고 '관람'에만 열중했다. 전시실 앞에 해당 언어에 대한 별 소개 없이 '번역 불가' 혹은 '연구 중'이라고 적힌 푯말이 붙어 있는 경우 그랬다. 그런 딱지가 붙은 전시실 속 화자들은 말 그대로 동물원에 갇힌 짐승처럼 앉아 있었다. 다른 부족보다 훨씬 어두운 얼굴을 하고서였다. 이들은 차안에서 피안을 건너보는 듯한 눈으로 이쪽을 바라봤다. 그럴 때 이들은 시험관 안에 담긴 청동기 시대 볍씨 품종처럼 보였다. 단지 오래 살아남았다는 이유로, 그 사실만으로 어딘가 메마르고 징그러운 인상을 주는. 관람객들은 한 손을 길게 뻗어 이들을 배경으로 자신의 얼굴이 나오도록 사진을 찍었다.

어느 부족의 인사법 중에는 상대와 뺨을 비비거나 정수리와 발등에 입 맞추는 것도 있었다. 하지만 어느 순간부터 박물관에선 화자들과 관람객의 직접적인 접촉을 금했다. 그저 관에서 정해 준 매뉴얼대로 '오늘 날씨가 참 좋군요!', '오늘 날씨가 꽤 좋네요!'라고 십 년 내내 얘기해 온 어느 화자가 한 날 날카로운 물체로 관람객의 목덜미를 그은 적이 있어서다. 나는 이 이야기를 무척 잘 아는데, 그가 바로 후두암에 걸린 내 마지막 화자였기 때문이다. 당시 그의 손에는 반달 칼처럼 생긴 번뜩이는 물체가 쥐어져 있었다. 관리자도 처음엔 그게 뭔지 몰랐다. 하지만 자세히 살펴본 결과 그것이 그가 속한 부족의 전설과 노래가 담긴 콤팩트디스크라는 걸 알았다. 관람객은 한 손으로 목을 감싸 안은 채 쓰러졌고 반짝이는 콤팩트디스크에선 피가 뚝뚝 흘러내렸다.

∞

바위를 들어 올릴 때 빛을 보고 놀라 달아나는 벌레떼처럼 이곳에는 온갖 말들이 바글거린다. 오직 신만이 전부 이해하고 기뻐할 만한 문법과 시제 그리고 멜로디가. 여성형과 남성형, 단수와 복수, 수동과 능동, 반말과 높임말 등 각 나라의 고유한 문법이 오선지 역할을 하면, 사람이 낼 수 있는 많은 소리들, 어금닛소리, 혓소리, 입술소리, 잇소리, 반잇소리와 콧소리, 목소리 등이 음표가 돼 장엄한 오케스트라 연주를 한다. 거기 억양이나 손동작, 표정 등이 가미되는 건 물론이다. 이 다채로운 화음 안에는 도무지 지루한 걸 못 견디는 신의 성정과 남과 똑같은 걸 싫어하는 인간의 성격이 담겨 있다. 예를 들면 끝도 없지만 그중 내가 다른 영들에게 주워들은 몇 가지만 소개하면 대충 이렇다. 어느 부족의 언어는 성조가 수십 개다. 그들은 어느 열대 지방에 사는, 빨갛고 쭈글 쭈글한 멱을 가진, 화려한 희귀 새처럼 운다. 이방인의 귀엔 그저 "크, 크헉, 흐허, 헉"처럼 들리는 소리가 어떻게 수만 가지 문장으로 확장되는지 나도 알지 못한다. 어느 부족의 시제에는 전생前生과 환생還生이 들어간다. 그런 건 누가 정하고, 어떻게 설득하는지 다른 부족은 조금도 가늠 못한다. 어느 나라 동사는 백오십 번 이상 몸을 바꾼다. 그것은 프리즘에 닿은 빛처럼 여러 갈래로 꺾이며 굴절된다. 단어가 소리에 반사돼 정신에 무지개를 비춘다. 어느 민족에게 사랑은 접속사, 그 이웃에게는 조사다. 하지만 또다른 부족의 경우 그런 건 본디 이름을 붙이는 게 아니라 하여 아무런 명찰도 달아 주지 않는다. 어떤 민족에게 '보고 싶다'는 한 음절로 족하다. 하지만 다른 부족에게 그 말은 열 문장 이상으로 표현된다. 뿐만 아니다. 어느 추운 지방에서는 몇몇 입김 모양도 단어 노릇을 한다.

이곳에는 그 언어만큼 다양한 사연을 가진 이들이 살아간다. 그중 한 노파는 글을 알지 못하는데 수만 년 된 서사시를 한 줄도 틀리지 않고 끝까지 읊는다. 마치 자기 가슴에 돋을새김한 점자點字 하나하나를 공들여 더듬어 가는 모양새다. 그녀는 단지 '아름답다'는 이유로 수집의 표적이 된 아라비아오릭스의 뿔처럼 사라질 운명을 타고났다. 이곳에서 가장 나이든 축에 속하는 어떤 영감은 어린 시절 언어학자들을 따라다니며 등짐을 져 나르던 소년이었다. 소년은 학자들이 바다 건너에서 가져온 커다란 '녹음기'를 어깨에 진 채 강을 건너고 구불구불한 골짜기를 지나 높은 산에 올랐다. 소년은 자기가 등에 지고 다니는 그것이 보통 물건이 아니라는 걸 알았다. 이따금 그 안에서 소년이 아는 사람들의 목소리가 흘러나왔기 때문이다. 당시 학자들은 몇몇 부족의 서사시를 녹음하기 위해 무려 쌀 한 가마니 무게에 달하는 알루미늄 디스크를 사용했다. 소년은 그걸 허허벌판 첩첩산중 어디든 들고 다녔다. 그때만 해도 소년은 그 노래와 말들이 그렇게 빨리 사라질 거라곤 상상 못했다. 그렇지만 그가 정말 예상 못한 건 자기 자신이 이렇게 '살아 있는 테이프'로 전시될 거란 사실이었다.

한번은 단지에 아이가 태어난 적이 있다. 개관 이래 처음 있는 일이었다. 아기의 부모는 서로 다른 언어를 사용하는 소녀와 소년이었다. 감시와 통제 아래서 어떻게 그런 일이 일어났는지 모두 놀라워했다. 동시에 지혜롭게 나이든 인간들은 그런 일은 언제 어디서든 일어날 수 있다며 고개를 끄덕였다. 출산은 순조로웠고 모두 그 아기를 좋아했다. 아기의 울음소리. 천여 개의 언어를 사용하는 천여 명의 인간이 단번에 이해할 수 있는 언어가 한동안 단지 내에 생생하게 울려 퍼졌다. 작고 보드랍고 따뜻한 생명을 바라보며 노인들의 두 눈이 모처럼 크게 벌어졌다. 부부의 출산 과정을 이미 알고 있는 중앙에서는 아기의 성장 과정을 기록해 샘플로 남겨 두려 했다. 큰 제재가 없는 한 아이는 둘 또는 한 명의 보호자 아래서 그 부족 말을 배우며 성장하게 될 터였다. 하지만 아이 부모가 그걸 원하지 않았다. 자기 자식이 아니라 그 누구더라도 그렇게 살아선 안 됐다. 결국 두 사람은 아이를 단지 바깥으로 빼돌렸다. 아기 바구니를 관광객 차에 몰래 실은 뒤 본인들도 모르는 세계로 흘려 보냈다. 그들은 무척 가슴 아파했지만 그 정도 고통은 훗날 아이가 박물관에서 맞닥뜨리게 될 절망에 비하면 아무것도 아니라 생각했다.

그리고 내 화자, 어려선 달리기를 잘했고 늙어선 후두암에 걸린 내 화자는 한때 단지를 탈출한 적 있는 용감한 청년이었다. 그는 열다섯 살에 이곳에 들어왔다. 어느 여름밤 이방인이 건넨 술을 먹고 잠들었는데 일어나 보니 여기였다고 했다. 그는 며칠 동안 지나가는 사람을 붙들고 자신의 처지를 설명하려 애썼다. 그렇지만 그의 하소연을 들어 주는 이는 없었다. 그가 쓰는 언어를 이해하는 사람이 한 명도 없었기 때문이다. 격분하고, 저항하고, 애원하고, 의기소침해지길 몇 번. 어느새 그도 다른 이들처럼 깊은 침묵 속에 잠겨 버렸다. 정신 나간 사람처럼 종일 아무 말도 않고 전시실에 앉아 있었다. 그러던 어느 날 무슨 심경의 변화가 일었는지 관람객을 보고 자리에서 벌떡 일어나 자신조차 놀랄 만큼 쾌활한 목소리로 "안녕하세요?"라고 했다. "만나서 반갑습니다. 오늘 날씨가 참 좋군요!"라고.

단지 안에서 서른다섯 번째 생일을 맞았을 때 그는 구내식당에서 숟가락으로 통조림 캔 바닥을 긁고 있었다. 캔 속에 든 정체불명 생선은 중앙식 전통 향신료와 화학조미료에 고루 버무려져 있었다. 꽃다발을 한 솥 삶은 듯한 냄새에 비위가 상해 처음엔 손도 안 댄 음식이었다. 그는 숟가락에 묻은 생선 기름을 쪽쪽 빨며 의뭉스러운 눈으로 주위를 천천히 둘러봤다. 탈출은 태연하고 자연스럽게 이루어졌다. 귀가 대열에서 이탈해 가짜 대숲에서 옷을 갈아입은 뒤 단체 관람객 틈에 섞여 유유히 출구를 빠져나가면 끝이었다. '삶'과 '삶 비슷한 것'의 경계를 넘는 일이 하도 간단해 그는 이십 년 만에 바깥세상에서 맞는 바람의 촉감과 석양의 질감을 느끼며 헛헛해했다. 그는 자신의 두 다리와 귀동냥으로 배운 몇 마디 중앙어에 의지해 고향을 찾아갔다. 별을 보고 방향을 가늠하며 달리다 걷다, 다시 뛰길 반복했다. 그리고 한참 만에 그가 피투성이 발로 고향에 도착했을 때, 협곡을 지나 산등성이를 넘고 무성한 덤불을 헤쳐 마침내 마을 입구에 다다랐을 때, 그가 발견한 건 주위에 새 한 마리 없이 먼지바람만 이는 아득한 모래벌판이었다. 무슨 이유에선지 전부 잘려 나가 밑동만 남은 나무들이 바둑알처럼 끝없이 늘어선 불모지였다.

단지 관리자는 거지꼴로 돌아온 사내를 감정이 절제된 사무적인 얼굴로 쳐다봤다. 이런 일이 처음이 아니라는 듯 능숙하게 행정 절차를 밟았다. 사내는 소독약 섞인 물로 샤워를 하고 의료진

이 처방해 준 약을 먹은 뒤 기숙사로 돌아갔다. 그러곤 며칠 동안 고열에 시달리며 헛소리를 했다. 그의 목에 이상이 온 건 그때부터였다. 그는 고장난 라디오처럼 날마다 지지직댔다. 방금 전 그 라디오는 건전지가 다 된 듯 꺼져 버렸고 그의 몸에선 더 이상 어떤 소리도 나지 않았다.

이곳 화자들은 중이염이나 관절염, 치매, 백내장 외에도 마음의 병을 안고 살아간다. 그건 말을 향한, 말에 대한 지독한 향수병이다. 이들은 과거에 들었다면 절대 흔들리지 않았을, 몇몇 밋밋하고 순한 단어 앞에서 휘청거렸다. 그래서 누군가는 자기네 나라말로 무심코 '천도복숭아'라고 말하며 울고, 어떤 이는 '종려나무'라고 한 뒤 가슴이 미어지는 걸 느꼈다. 뜬금없이 떠오른 '곤지곤지'라는 단어에 목울대가 뜨거워진 이가 있는가 하면, '연두' 또는 '뽀뽀'라는 낱말 앞에서 심호흡한 이도 있었다. 나는 그걸 다른 영들에게 들었다. 내 마지막 화자는 그런 말들에 휘둘리지 않으려 가급적 입을 닫고 살았다. 하지만 실종 뒤 오랫동안 보이지 않다 어느 날 불쑥 강물 위로 떠오른 시신처럼, 무언無言의 주장처럼, 굳이 입을 떼지 않아도 내면에 떠다니는 온갖 상념이 그의 목울대로 솟아올랐다. 그에게 모어母語란 호흡이고, 생각이고, 문신이라 갑자기 그걸 '안 하고 싶어졌다' 해서 쉽게 지우거나 그만둘 수 있는 게 아니었다. 그는 말과 헤어지는 데 실패했다. 그렇다고 말과 잘 사권 것도 아니었다. 말을 안 해도 외롭고, 말을 하면 더 외로운 날들이 이어졌다. 그는 자기 삶의 대부분을 온통 말을 그리워하는 데 썼다. 혼자 하는 말이 아닌 둘이 하는 말, 셋이 하면 더 좋고, 다섯이 나누면 훨씬 신날 말. 시끄럽고 쓸데없는 말. 유혹하고, 속이고, 농담하고, 화내고, 다독이고, 비난하고, 변명하고, 호소하는 그런 말들을…… 그는 언제고 자유롭게 나를 부리고 싶어 했다. 그리고 내 이름의 메아리와 그 메아리의 메아리가 만들어 내는 오목한 자장 안에 우뚝 서고 싶어 했다. 단지 그 소박한 바람 때문에 그는 가슴이 찢어지는 듯한 느낌을 자주 받았다. 소리를 표현하고, 맛을 그리고, 색을 분별하며 감정을 가리키는 그 풍부한 어휘들을 죽어서도 잊지 못할 거라고, 그는 죽으면서 생각했다. 그는 짐승처럼 "크허, 흐어어, 흐억" 소리밖에 내지 못했지만 순간 나는 그가 부른 이름이 내 이름이었다는 걸 알았다.

∞

그가 눈감기 전 모습이 떠오른다. 감정을 가진 로봇처럼 기계음을 내며 몸을 떨던 검은 얼굴이 생각난다. 그가 "우어어, 흐어어" 하고 웅얼댈 때 그것은 빙하가 무너지는 풍경과 비슷했다. 수백만 년 이상 엄숙하고 엄연하게 존재하다 한순간에 우르르 무너지는 얼음의 표정과 흡사했다. 그것은 무척 고요하고 장엄했지만 한편으론 아무것도 아닌 일처럼 보였다. 뭐랄까, 세상에 아무 반향도 일으키지 못하는 멸망, 침몰을 목격하는 기분이었다. 그는 마지막에 온전한 문장 하나 완성 못하고 숨을 거뒀다. 그가 눈을 감자 세상은 뭐라 설명할 수 없는 고요에 휩싸였다. 적어도 내가 느끼기에는 그랬다. 동시에 내 속에 거대한 그리움이랄까 욕구가 일었는데, 그건 내가 태어난 장소에 가 보고 싶다는 거였다.

언젠가 '너무 추워 신조차 살 수 없는' 행성에 대한 이야기를 들은 적 있다. 그 별 둘레엔 마지막 언어의 꿈과 비명이 메아리쳐 겹겹의 띠를 이루고 있다고 했다. 색색의 넓적한 고리 위에 한 부족의 언어를 물감처럼 풀어 종이로 뜬 것 같은 영혼의 무늬가 새겨져 있다고. 우리가 죽으면 그 속의 황색 먼지 또는 얼음 알갱이가 된다고 했다. 내가 그런 아름답고 차가운 것이 된다고 생각하니 기분이 이상했지만 우리가 이곳을 떠난 뒤에도 어딘가에 여전히 존재할 수 있다는 게 싫지 않았다. 그런데 오늘 내 화자를 떠나며 한 가지 중요한 사실을 알게 됐다. 그 소문은 틀렸다. 우리의 종착지는 신의 입김이 얼어붙을 정도로 추운 행성이 아니었다. 우리가 죽은 뒤 한 번 더 죽게 되는 장소는 저기 먼 내세도, 우주도 아닌 지상의 공장이었다.

저기 몇몇 거대한 영들이 바람을 타고 어디론가 흘러가는 게 보인다. 아니 흐르는 게 아니라 빨린다고 해야 할까. 흐르고 흐르다 어느 기다란 금속관 안으로 순식간에 흡수돼 회오리쳐 사라진다. 나는 있는 힘껏 반대로 몸을 튼다. 그렇지만 자석처럼 나를 강하게 끌어들이는 힘을 피할 수 없다. 이윽고 나는 저 아래 풍경에 압도되고 만다. 이곳 단지를 에워싼 야트막한 구릉 너머로, 방사선 형태의 도로가 끝없이 펼쳐진 모습을 발견했기 때문이다. 도로 위로 똑같은 크기와 모양의 공장이 빽빽하게 들어선 게 보인다. 그런데 그 중심에 뜻밖에 소수 언어 박물관이 있다. 평소 담장 역할을 하는 언덕이 박물관 주위를 둥그렇게 에워싸고 있지만 그 너머로는 가히 장관이라 할 만큼 공장 또 공장뿐이다.

나는 누구일까. 그리고 어찌될까.

나는 나무에 그려지고 돌에 새겨지며 태어났다. 내 첫 이름은 '오해'였다. 그러나 사람들이 자기들 필요에 의해 나를 점점 '이해'로 만들었다. 나는 내 이름이었거나 내 이름의 일부였을지 모를 그 낱말을 좋아했다. 나는 복잡한 문법 안에 담긴 단순한 사랑, 단수이자 복수, 시원이자 결말, 거의 모든 것인 동시에 아무것도 아닌 노래다. 하루치 목숨으로 태어나 잠시 동안 전생을 굽어보는 말이다. 내 몸은 점점 붇고 이름 또한 길어져, 긴 시간이 흐른 뒤 누구도 한번에 부를 수 없는 무엇이 됐다. 그렇지만 이제 나는 이 세계를 돌아가게 하는 동력, 쓸모 있는 죽음, 단지 그뿐인 채로 사라진다. 저기 거대한 금속관 속으로 향하며 소수 언어 박물관의 자랑, 중앙 분수대를 떠올린다. 유리구 안에 갖은 형태의 활자가 분방하게 떠다니는, 지구본 모양의 특별한 조형물을. 활자는 밝은 조명을 받으며 오전 내내 춤추듯 투명하게 떠다녔다. 그러다 정오가 되면 잠시 정지했다, 꽃잎 모양으로 갈라지는 지구본 아래로 경쾌하게 쏟아졌다. 나는 그 광경이 늘 아름답다 생각했다. 그런데 그건 악몽 같은 아름다움이었을까. 앞으로도 지구가 꾸는 이 예쁜 꿈이 쉽게 끝나지 않을 것 같아, 죽은 뒤 한 번 더 죽으면서도 나는, 그 눈부신 장면으로부터 쉽게 눈을 떼지 못한다.

* 소설 후반부에 나오는 '서사시를 읊는 노파' 설정과 '녹음기' 관련 정보는 『아무도 모르는 사이에 죽다』(니컬러스 에번스, 김기혁·호정은 옮김, 글항아리, 2012) 속 내용을 참고했다.

구소현

2020년 단편 소설 「요술 궁전」으로 문학과사회 신인문학상을 받으며 작품 활동을 시작했다. 소설집 『소설 보다: 가을 2021』(공저)을 썼다.

시트론
호러 _____ 02

공선은 오늘도 인공 호수에 잠긴 시체를 한참 동안 보다 나왔다. 그녀는 일주일 전 이 사람이 죽어 가는 과정을 모두 지켜봤다. 시체는 가스로 인해 부력이 커져 조금씩 뜨고 있었다. 이르면 오늘 내로 떠오르지 않을까 그녀는 예상했다.

물 위의 대학교 캠퍼스는 순조롭고 평화로웠다. 연일 날씨가 좋아 학생들이 바깥에 많이 나와 있었다. 그들은 하나같이 판촉 행사를 위해 학교에 온 아이스크림 회사의 신제품을 들고 있었다. 레몬 아이싱과 시트론 커스터드 크림 필링이 들어간 커피 맛 아이스크림콘이었다. 모두가 공평하게 시고 달고 씁쓸한 맛을 느꼈다.

학교의 명소인 인공 호수를 중심으로 조성된 푸른 잔디밭에 고양이처럼 아무렇게나 누워 있는 학생들도 꽤 눈에 보였다. 그들은 고개를 들어 옆 사람과 담소를 나누기도, 사진을 찍기도, 단잠에 빠져 얼굴을 옷이나 책으로 가리고 있기도 했다. 공선은 수많은 학생 사이에서 태오를 발견했다.

　태오는 효주가 매주 수요일마다 참석했던 소설 창작 모임의 멤버였다. 효주는 2년간 국문과인 태오, 지민과 함께 소설을 쓰고 합평을 했다. 사회학과인 효주가 국문과 수업을 들으며 알게 된 사람들이었다. 셋은 조별 과제를 같이 하며 친해졌다. 세 명 다 술을 마시지 않는다는 공통점이 있었다. 학년은 같았지만, 효주는 두 사람보다 네 살이 더 많았다.

　공선은 3년 동안 효주를 따라다녔기 때문에 자연스럽게 모임에도 매번 참석했다.

　'오늘이 수요일이었나?'

　그녀는 마침 할 것도 없었다. 공선은 누워 있는 학생들을 밟으며 태오에게 다가갔다. 물론 그녀는 유령이었기 때문에 아무에게도 해를 입히지 않았다.

　파란색 오버사이즈 셔츠를 입은 태오는 핸드폰으로 본인의 별자리 운세를 확인하고 있었다. 공선도 태오의 옆에 앉아 운세를 확인했다. 그녀도 태오와 같은 염소자리였다.

　근사한 깨달음. 자만은 금물. 해외로 나가는 문이 열림. 가까운 사람과 불화로 멀어지게 될 수 있으니 주의. 건강에 적신호. 행운의 색: 연두색, 분홍색. 행운의 열쇠: 피스타치오.

　운세를 다 읽고 태오는 반투명 플라스틱 필통에서 분홍색 지우

개가 달린 노란색 연필을 꺼냈다. 그는 별다른 고민 없이 연필을 부러뜨린 뒤 지우개가 달린 부분을 셔츠 주머니에 넣었다. 평소 과하다는 말을 많이 듣는 사람다운 행동이라고 공선은 생각했다.

공선은 태오의 핸드폰 화면을 한참 더 구경했다. 그는 여러 SNS를 끊임없이 배회했다. 808 베이스가 강렬한 트랩 힙합곡을 반복적으로 들으며, 요 며칠 동안 일어난 끔찍한 사건·사고를 빠르게 훑어보던 그는 "청년을 위한 지원금 제도 모음집"이라는 제목의 카드 뉴스를 읽다 하이퍼링크를 타고 고용 노동부 사이트로 들어갔다 나와 소비자가 가장 선호하는 음료 열 종류에 들어가는 설탕량을 정리한 블로그 글로 넘어갔다. 그는 같은 카테고리로 묶여 있는 환경 운동 관련 글을 더 읽다가 블로그에서 나왔다.

그 뒤로는 시시각각 변하는 웹 피드를 반복적으로 확인했다. 웹 피드에 올라온 이미지나 텍스트가 유용한 정보라 생각될 때마다 캡처해 사진첩에 저장했다. 2년 동안 쓴 핸드폰 사진첩에는 이미 9천여 장의 캡처본이 들어 있었다. 태오는 사진 정리의 필요성을 느꼈는지 사진을 빠르게 삭제하다 하루아침에 될 일이 아님을 깨닫고 관두었다.

지민과 만나기로 한 시간까지는 아직 30분이 남아 있었다. 태오는 태블릿 PC를 가방에서 꺼냈다. 그는 전자책 구매 목록에서 오늘 이야기하기로 했던 책을 열었다. 200쪽 분량의 얇은 책이었다. 미리 읽었어야 했지만, 두 가지 이유로 읽지 않았다. 첫째로, 그는 할 일이 너무 많았다. 평일 저녁에 그는 즉석 떡볶이 가게에서 서빙 아르바이트를 했다. 4학년이 된 그는 학과 공부와 별개로 영어 공부와 컴퓨터 자격증 공부를 시작했고, 동기와의 점심 식사, 카페에서 과제 하기, 캠퍼스 산책 등 본인의 일과를 틈틈이 촬영해 영상 공유 사이트에 올리고 있었다. 둘째로, 집중이 잘 안 되었다. 책을 쭉 읽어 나가다가도 어느 순간 이전 내용이 머리에 남지 않고 무슨 말인지 이해가 안 돼 다시 처음으로 돌아가기 일쑤였다. 책의 가독성 문제는 아니었다. 최근 들어 많은 책을 구매했지만 다 읽은 건 한 권도 없었다. 많이 읽어 봐야 50쪽 정도였고 평균 2~3쪽을 읽다가 졸음이 몰려와 그대로 자 버린다든지, 핸드폰을 확인한다든지 하는 식이었다.

태오는 전자책 뷰어 프로그램의 하이라이트 기능을 이용해 책에 연두색 밑줄을 가득 쳤다. 지금 다 읽기에는 시간이 빠듯했으므로, 앞부분을 읽다 곧장 후반부로 페이지를 넘겼다. 그는 포털에서 책에 대한 리뷰 몇 개를 찾아 읽었다. 어떤 글은 무료로 보기에 아까울 정도로 잘 썼다고 생각했다. 태오는 리뷰에서 얻은 여러 아이디어를 핸드폰 메모장에 정리했다.

그동안 태오가 실제로 읽은 페이지는 200쪽 중 30쪽에 불과했으나, 그는 책의 요점과 감상을 충분히 말할 수 있었다. 공선처럼 시간이 하염없이 많은 유령에게는 달갑지 않은 독서 방식이었다. 공선은 책을 다 읽지도 않았으면서 태블릿 PC를 가방에 넣고 핸드폰 게임을 하는 태오를 못마땅하게 쳐다봤다.

벌써 공선도 십 년 차 유령이었다. 십 년간 존재 이유가 없음에도 존재해야 했던 고통은 그녀만이 알고 있을 것이다. 그녀는 응시밖에 할 수 없는 유령으로, 영화나 드라마에 나오는 유령과 달리 테이블에서 유리컵을 떨어뜨리지도 못했고, 전화벨 소리를 울리게 하거나 TV 화면을 끄는 능력도 없었다. 살아 있는 사람들은 그녀가 아주 가까이에 있다는 사실을 몰랐다. 귀신이 사람의 몸에 붙거나 주위를 지나갈 때 불길한 영향을 미친다는 건 신빙성이 없는 이야기였다. 우선 공선은 사람 몸에 붙지 못했다. 갑자기 몸이 무겁다거나 어딘가 결린다거나 싸한 기분을 느낀다거나 하는 건 공선과는 아무 관련이 없었다. 그들은 공선이 바로 옆에 있음에도 괴담 방송에 나오는 귀신 연기자를 보며 오싹함을 느꼈다.

사물에 닿지 못하고 직접 만지지 못함에서 오는 우울감이 있다면, 사물이 그녀에게 닿아 주지 않고, 아무도 그녀를 만지지 않는 데서 오는 우울감도 있었다. 그녀는 때때로 서러웠고 쓸쓸했으며 허무했다. 그녀는 무엇이든 할 수 있었고, 어디든 갈 수 있었지만 아무도 그녀가 뭘 하는지 몰랐고, 어디에서도 목격되지 않았다. 처음에야 좋았지만…… 시간이 너무 많은 게 탈이었다. 유령의 삶(죽은 자의 무기한 시간 때우기를 삶이라 해도 될까?)을 채우는 건 결국 '감상하기 혹은 감상 말하기'뿐이었다.

살아 있을 때 공선은 책을 그다지 좋아하지 않았다. 하지만 죽고 나니 아무것도 하지 않으면 따분해서 견딜 수가 없고, 무언가를 하면 할수록 외로워져 이러지도 저러지도 못하는 시기가 매번 찾아왔다.

국내에서 인기가 좋은 덴마크 출신 싱어송라이터의 내한 공연을 보고 나오는 길에도 느꼈던 감정이었고, 제작비가 3천억이 들어갔다는 SF 기반의 하이스트 영화를 보고 나왔을 때도 비슷한 공허감을 느꼈다. 영화관이 있는 백화점의 가장 꼭대기 층에서 서너 층을 내려온 그녀는 특별한 목적지 없이 떠돌아다니며 입점해 있는 브랜드들을 구경했다.

그녀는 프랜차이즈 대형 서점에도 들렀다. 그리고 서점의 인문 코너에서 폴로 플로리스의 『칙칙한 물체』를 읽는 남자를 발견했다. 남자의 몰입한 얼굴도, 책의 제목도, 표지도 전부 그녀의 눈길을 끌었다. 살아 있을 때는 절대 하지 않았을 행동이지만, 유령인 그녀는 망설임 없이 남자의 곁에 앉았다. 그리고 같이 책을 읽었다.

남자는 책을 천천히 읽었다. 공선 역시 남자의 읽는 속도에 맞춰 천천히 책을 읽어 나갔다. 대여섯 쪽 정도 읽었을 즈음 그녀는 책과 본인 사이에 어떤 긴밀함을 느꼈다. 모든 글자가 온전히 본인에게만 말을 걸고 있었다. 그녀는 책과 일대일로 사후 세계에 관한 대화를 나누었다. 오랫동안 사람과 대화하지 못한 그녀에게 독서가 주는 자극은 생각 외로 컸다. 이 신비롭고 은밀한 대화를 통해 그녀는 알게 됐다. 유령 또한 무언가를 담을 수 있는 그릇이었다. 물론 그릇도, 담겨 있는 것도 일반적인 시야에서는 보이지 않았다. 오로지 책만이 세상의 구멍인 그녀의 윤곽을 보고 있었다.

『칙칙한 물체』를 다 읽는 데에는 1년이 넘게 걸렸다. 처음 공선과 같이 책을 읽던 남자는 1부까지만 읽고 책장에 도로 책을 꽂았다. 책을 펼쳐만 보고 사 가는 사람이 없어 공선은 인내심을 갖고 기다려야 했다. 더 빨리 『칙칙한 물체』를 볼 기회가 있긴 했었다. 공선은 한 여성이 서점에서 『칙칙한 물체』를 구매해 가는 모습을 보고 여자를 따라나섰다. 지하철을 타고 여자가 사는 동네까지 따라갔다. 하지만 여자가 집 안으로 들어갔을 때 공선은 함께 들어갈 수가 없었다.

공선은 유령이 되고 나서 무수한 범법 행위를 저질렀다. 다만 법이 유령에게는 적용되지 않았기 때문에 공선에게 죄를 묻는 사람은 아무도 없었다. 그런데도 망설여지는 순간은 항상 찾아왔다. 공선은 유령이 되고 잠을 자지 않아도 됐지만, 밖에서 밤을 지새우는 건 무서웠다. 공선은 모르는 사람의 집에 들어가 종종 밤을 보냈다. 그리고 타인의 지극히 개인적인 공간에 머무르며 보고 싶지 않은 걸 보게 되었고 많은 순간 죄책감을 느꼈다. 어떠한 범법 행위는 저질렀을 때 새로운 쾌감을 선사했지만, 어떠한 범법 행위는 하지 않는 편이 나았을 거라는 후회를 남겼다. '어차피 아무에게도 안 보이는데……' 공선은 집 앞에서 한참을 서성이다가 발길을 돌렸다.

공선은 독서 메이트를 까다롭게 찾아다녔다. 그녀는 본인의 취향에 맞는 글을 대신 선택해 꾸준히 읽어 줄 사람이 필요했다. 항상 재밌는 책을 잘 골라 읽는 눈 밝은 독자라 하여도 듬성듬성 읽거나, 읽다 마는 사람은 적격자가 아니었다. 그녀는 책을 처음부터 끝까지 천천히, 빈 부분 없이 다 읽는 사람을 원했다. 책을 개인적인 공간으로 가져가서 읽는 사람도 후보에서 제외했다. 기준이 까다롭다 보니 찾기가 어려웠다. 안 가본 도서관이 없을 정도였다.

'효주는 이제 정말로 쓰지도 읽지도 않을 생각인 걸까?'

공선은 효주에 대해 생각했다. 효주는 그녀의 두 번째 독서 메이트였다. 공선은 학교 도서관에서 효주를 한 달여간 눈여겨보다 그녀에게 정착했다. 효주는 한번 읽기 시작한 책은 시간이 오래 걸려도 틈틈이 끝까지 다 읽었다. 읽는 속도도 적당했다. 책을 학교 바깥으로 가져가지 않고 정해진 시간에 도서관에서 읽다 가는 점도 공선의 마음에 들었다. 효주가 창작을 하는 사람이라 소설책과 시집만큼은 실컷 읽었다. 효주와 함께 읽은 책 중에는 재밌는 작품이 많았다.

공선은 갑자기 착잡해졌다. 아직 읽고 있는 책의 결말을 보지 못했기 때문이었다. 효주와 마지막으로 읽은 책은 멘토스 뱀부의 장편 소설 『분홍색 번개』였다. 현재 주인공 청년 미키 쿨 트리바가 콜리스 패거리에게 당해 전 재산을 탕진하고 마음을 다잡기 위해 친구인 테디네 집 수영장 물에서 잠수 명상을 하는 데까지 읽은 상태였다.

그래서 트리바는 억만장자인 콜리스에 의해 죽게 되는 건지, 반전이 일어나 트리바가 콜리스를 죽이게 되는 건지 한 치 앞의 결말도 예상할 수 없는 소설이었다. 효주는 2주 전 창작 모임을 관두었고, 며칠째 학교에도 나오지 않고 있었다. 상황이 좀 복잡했다. 개인 사업체를 운영하는 사회학과 교수 한 명이 국가 지원 프로젝트에 학과 학생들의 이름을 허위로 올려 두고, 매년 거액의 지원금을 챙겨 온 것이 문제의 시작이었다. 이력서에도 쓸 수 있어 학생들에게는 학과의 관행처럼 여겨지는 일이었다. 효주는 빈곤층 청년을 대상으로 한 지원금을 따로 받고 있었다. 효주가 지원금을 받으려면 근로자여서는 안 됐기에 그녀는 교수와 상담하여 이름을 올리지 않기로 협의했다. 교수는 행정 업무를 하는 직원에게 이 사실을 전달했으나, 처리 과정에서 실수로 이름이 들어가게 되었다. 정부에서 그녀를 지원금 부정 수급자로 의심하며 문제가 커졌다. 이 일이 학과의 문제로 번지지 않고 조용히 끝나려면 효주가 7백만 원가량의 지원금을 정부에 돌려줘야 했다. 교수는 효주에게 본인의 책임이 크니 7백만 원을 사비로 채워 주겠다고 약속했다. 그리고 이 프로젝트에 참여해 실제로 수개월 동안 일을 했던 학생들에게 전화를 돌렸다. 교수는 학생들에게 효주가 얼마나 가난하고 난처한 상황인지에 관해 설명하며, 각자의 월급에서 일부를 떼어 내 효주에게 주자고 했다. 이 일에 가담하지 않은 학생이 없었으므로 모두가 동의했다. 효주는 7백만 원을 받았다. 이로 인해 학과의 모든 학생이 효주가 얼마나 취약한 환경에서 힘들게 살고 있는지 알게 되었다. 일주일이 좀 안 돼 효주는 프로젝트에 참여한 동기들에게 돈을 꼭 갚겠다는 연락을 돌렸다.

공선은 효주를 마지막으로 봤던 날을 떠올렸다. 효주는 여느 때와 다름없이 책을 읽기 위해 도서관으로 향했다. 그리고 한 시간 동안 책을 읽었다. 화장실에 잠시 다녀온 뒤 오후 수업을 들으러 갔다. 쉬는 시간에 한 학생이 그녀를 불러냈다. 효주를 불러낸 학생은 그녀에게 돈을 빌려준 사람 중 한 명이었다. 학생은 효주에게 언제쯤 돈을 보내 줄 수 있는지를 물었다. 둘은 서로의 눈을 제대로 바라보지 못했다. 수업을 다 듣고 나서 효주는 호숫가를 잠시 걸었다.

"사진 한 장만 찍어 주실 수 있으세요?"

외부 사람인 듯한 중년 여성이 효주에게 말을 걸었다. 효주는 중년 여성의 핸드폰을 받아 들었다. 호숫가를 배경으로 선 중년 여성이 수줍게 포즈를 취했다. 효주는 사진 서너 장을 연달아 찍고 중년 여성에게 핸드폰을 다시 돌려주었다.

"잘 찍었네요. 감사해요."

중년 여성이 사진을 확인하고 환하게 웃으며 말했다. 그때 효주는 어딘가 좀 어설픈 형태였던 것 같다고 공선은 생각했다. 반쯤 짓눌린 지점토 같았달까.

"안 읽었지?"

"읽었거든."

지민이 가방에서 책을 꺼내더니 보란 듯이 펼쳤다. 밑줄은 물론 간단한 메모까지 되어 있었다. 태오는 머쓱하게 웃으며 본인은 사실 앞부분만 읽었음을 지민에게 솔직하게 털어놓았다. 지민이 책을 읽어 오지 않았다면 굳이 하지 않았을 말이었다. 태오는 어차피 탄로 날 상황이라면 미리 양심 고백을 하는 편이 낫다고 생각했다. 공선은 태오가 이럴 때마다 조금 얄미웠다.

책의 저자는 '생각 없는 생산자'의 범주에 현존하는 모든 인간이 들어갈 수밖에 없는 현대 사회의 해결할 수 없는 문제들에 대해 사색했다. 오렌지, 커피, 소파, 운동화 끈 등 일상의 오브제를 끌어와 에세이 형식으로 쓴 글이었다. 시집을 두 권 낸 스웨덴 출신 시인이어선지 시적인 문장이 많았다. 책의 중반부에서는 스스로를 '생각 없는 생산자'의 자리에 두면서 인용 없이는 사유하지 못하는 자신을 마구잡이로 난도질했다. 저자는 본인의 뇌가 계속해서 동일한 그림만 찍어 내는 '실크스크린 작업'만 수행하고 있음을 밝혔다. 본인의 작업물을 스크랩북, 참고 문헌, 포트폴리오에 빗대기도 했다. 저자가 책을 읽고 있는 독자를 향해 감정적으로 진술하는 부분은 가혹하고 공격적이었다. 불편한 이야기들이 많고 감정 소모도 큰 책이었지만, 이상하게 위로가 되는 책이었다고 지민은 호평했다. 지민은 태오에게 작가 후기를 읽어 보라며 책의 마지막 부분을 펼쳐 주었다.

<작가후기>

이 책은 밖으로 나가 자전거를 타지 않고 자전거를 타는 사람의 비디오를 보고 있는 나와 내 동생을 비난하는 데서 시작했다. 우리는 행동하기까지 너무 오래 갔다. 하루가 다 지나서야 어두운 바깥을 보며 자전거를 타고 싶은 욕망에 사로잡혔다.

후기를 쓰고 있는 지금, 나와 동생은 여전히 무직자이고, 살도 더 쪘고, 생각도 없고, 의지력도 없다. 자전거는 너무 녹슬어 버려 처분해야 했다. 나날이 더 나빠져 간다.

글을 막 쓰기 시작한 당시만 해도 아무것도 하지 않고, 아무 의지도 없이 남의 것으로 성취감을 느꼈던 모든 상황에 운동성이 없다고 판단했었지만, 쓰다 보니 아주 작은 운동성은 발견할 수 있었다.

여기에는 죽지 않기 위한 투쟁이 있었다. 살아 있는 채로 시간을 보내기 위해 잠으로라도 하루를 채우는 것과 같았다. 결과적으로 자전거 타는 사람들을 그냥 보고만 있는 게 잘못이라고 해도 살려는 발버둥을 나무랄 수는 없었다. 달라지고 싶어 쓴 글이었지만 내버려 두는 쪽을 택하게 되었다. 아무래도 막다른 길로 와 버린 듯하다. 더 할 말은 없다.

"블로그는 왜 비공개로 돌렸어?"

태오가 지민에게 물었다. 태오는 종종 지민의 블로그를 방문해 그녀가 쓴 리뷰와 일기를 읽고는 했다. 지민은 문학, 미술, 음악 등 장르를 불문하고 사람들이 잘 모르는 작가를 많이 알았다. 글을 읽다 보면 여러 방면에서 그녀가 가진 상당한 배경지식과 안목이 드러났다. 독일 유명 미술 전문지에 실린 글을 일부 번역해 올리기도 했다. 어제 태오는 지민의 블로그에 있던 모든 글이 비공개로 돌려졌음을 확인했다.

"일방적으로 감상을 빼앗기고 있다는 생각이 들어서."

지민은 태오의 질문에 솔직하게 답했다. 그녀가 요즘 들어 가장 많이 하는 고민이기도 했다. 그녀는 자신을 드러내고 싶어 하면서도 공유하고 싶어 하지 않아 한다. 단점이라고 생각해 고치려 노력 중이었으나 잘은 안 되었다. 그녀는 잠시 생각하다가 "좀 지나서 다시 공개로 돌릴 거야."라고 이어 말했다.

두 사람은 책에 대한 감상을 더 나누다가 각자의 가방에서 프린트를 꺼냈다. 효주가 쓴 단편 소설이었다. 공선은 처음 보는 소설이었다.

효주는 지난주 토요일에 두 사람의 메일로 본인이 쓴 소설을 보내왔다. 개인 사정으로 합평 모임에는 더 못 나가겠지만 이번 주 수요일이 본인의 소설을 합평하는 날임을 알고 있고, 소설은 다 써서 그냥 보내 본다는 말과 함께였다.

두 사람은 고민 끝에 작가 없이 소설을 합평하기로 했다. 이들은 효주가 왜 합평 모임을 관두려고 하는지 자세한 사정도 몰랐고, 읽어 달라는 말도 메일에 쓰여져 있지 않았지만, 소설을 보내온 사람의 마음을 어림짐작해 봤을 때 읽고 피드백을 보내 주는 게 맞다고 판단했다.

"이번 소설 재밌지 않았어?"

"어, 나도 이 소설 좋았어."

두 사람은 효주의 소설 일부가 그녀의 자전적인 이야기임을 눈치챘다. 소설을 다 읽고 나니 효주가 모임을 그만둔 이유도 어렴풋이 알 수 있었다. 태오와 지민은 서로 미리 약속이라도 한 사람들처럼 이 소설의 자전적 성격에 대해서는 말을 아꼈다.

두 사람이 한 장 한 장 다시 읽어 가며 문법이 맞지 않거나, 잘 읽히지 않는 문장을 찾는 동안 공선도 소설을 찬찬히 읽었다. 소설은 갑작스러운 지진으로 인해 집이 무너져 주인공이 매몰되는 장면으로 시작한다. 주인공은 오래된 나무 합판과 장수 비닐, 얇아서 집을 지을 때는 쓰지 않는 철판으로 만든 집에서 살고 있었고, 언제 무너져도 이상하지 않은 집이었음을 알고 있었기 때문에 사고를 덤덤하게 받아들였다. 구조된 주인공은 생명에는 지장이 없었으나 떨어지는 철판에 팔뚝이 찢어져 봉합 수술을 받기 위해 병원에 실려 갔다. 수술은 무사히 끝나고 주인공은 무너진 집으로 다시 향한다. 주인공은 도서 물류 센터에서 상하차 아르바이트를 했을 때 받아 왔던 여러 권의 파본 도서 중 한 시인의 시집을 감명 깊게 읽었던 일을 계기로 꾸준히 시를 쓰고 있었다. 무너진 집에는 시를 써 둔 공책이 여러 권 있었고 주인공은 집에 가 봐야 했다. 그리고 주인공의 귀갓길을 김준영이라는 사람이 동행한다. 준영은 주인공이 도서 물류 센터에서 같이 일했던 동료였다. 둘은 동갑내기였고, 고등학교까지만 졸업했다는 공통점이 있었다. 주로 단기 용역으로 직원을 구해, 일하는 사람이 수시로 바뀌는 와중에 1년가량을 근속한 두 사람이 친해진 건 자연스러운 일이었다. 주인공이 일을 그만두게 되면서 서서히 연락이 끊겼었는데, 준영도 지진으로 손가락뼈가 부러져 병원에서 만나게 됐다. 여기까지는 지극히 현실적인 이야기만을 다루지만, 준영이 집에 가는 도중에 귀신과 얘기하는 방법을 터득했다고 고백하면서 새로운 국면을 맞이하게 된다.

공선은 이 소설이 효주가 쓴 소설 중 가장 마음에 들었다. 귀신 이야기가 나오는 대목부터 공선은 어쩐지 허둥지둥 읽게 됐다. 두 인물이 불러들인 귀신이 모습을 드러냈을 때는 감동하기도 했다. '그동안 알게 모르게 영향을 주었던 걸까?' 여기까지 생각이 미치자 유령의 투명한 몸은 혹시나 하는 기대감으로 꽉 찼다.

효주의 소설에 수정했으면 하는 부분과 궁금한 부분, 좋았던 부분을 정리하는 동안 지민은 파란색 펜을 사용했고, 태오는 빨간색 펜을 사용했다. 두 사람이 분주히 뭔가를 적어 갈 때 공선은 소설을 한 번 더 읽었다.

공선은 오늘따라 허공에 떠드는 건 그만하고 대화에 참여하고 싶었다. 초록색 펜으로 효주의 소설에 하고 싶은 말을 적고 싶었다. 좋았던 장면을 여럿 꼽아, 이 장면이 왜 좋은지, 어떻게 좋은지 근거를 대 가며 가득 적고 싶었다. 또 그녀는 소설의 문제점 또한 장문으로 쓸 수 있었다. 공선은 소설을 친구로 여기는 유령이었기 때문에 소설의 하자는 사실상 공선이 소설을 더욱 자세히 읽게 되는 관계의 진입로이기도 했다. 상대방의 하자에서 고유한 사랑을 발견하고 고유한 관계를 만들어 나가는 건 사람과 유령이 똑같았다.

"언니 소설 보면서 항상 느꼈던 건데, 가난한 환경이나 가난으로부터 비롯된 사건에 대해 묘사할 때 과하게 쓰는 경향이 있는 것 같아. 좀 더 완급 조절을 해서 담백하게 썼으면 좋겠는데. 주인공이 병원 화장실 바닥에 떨어진 지렁이 젤리를 먹는 장면은 빼야 한다고 봐."

"어. 나도 그 부분 체크해 뒀어. 이럴 수밖에 없는 상황이라는 게 설득이 되면 괜찮은데, 아무리 생각해도 주인공이 왜 저러는지 모르겠으니까 당혹스럽더라고. 배가 너무 고파서 반드시 젤리를 먹어야만 하는 상황도 아니었고. 물론 배가 고파서 먹었던 것만은 아닌 것 같지만…… 하여튼 내가 주인공과 똑같은 상황이었잖아? 난 절대 안 먹었을 거야."

"그리고 이것도 말하고 싶었는데, 난 그냥 사람들이 너무 보기 싫어하는 부분들은 덜어 냈으면 좋겠어. 이렇게 튀는 에피소드들은 중심 서사에도 방해가 돼서 작가가 서사를 제어하지 못하는 게 아닌가 하는 의심이 생길 수도 있고. 사람들이 별로 듣고 싶어 하지 않는 이야기를 계속 쓸 생각이라면 언니에게는 전략이 더 필요하지 않을까. 현시대에 통용되는 감수성이라는 게 있잖아."

두 사람이 뺐으면 좋겠다고 말한 장면은 공선이 좋아하는 장면이었다. 두 사람의 말은 일리가 있었다. 공선은 이미 빨간 줄이 그어진 문단을 바라보며 '이게 그렇게까지 보기 싫은 부분일까?'를 진지하게 고민했다. 가만히 보고 있다 보면 '내 눈에는 괜찮은데…….'라는 말이 조용히 나왔다.

공선은 주인공이 지렁이 젤리를 먹는 장면을 읽으며 살아 있었을 때의 일화 하나를 떠올렸다. 마트에서 있었던 일이었다. 그녀가 마트에 간 이유는 아침에 일어났을 때 파인애플이 먹고 싶어서였다. 하필 그날따라 시식을 제공하는 과일이 하나도 없었다. 그녀는 집으로 돌아가려다 판매대에서 손질된 파인애플을 찾았다. 손질된 파인애플은 플라스틱 용기 안에 들어 있었다. 용기를 비스듬히 들면 파인애플 과즙이 손가락으로 흘렀다. 파인애플이 든 용기를 제자리에 돌려놓고 공선은 목적지 없이 걸으며 아무도 모르게 손가락에 입을 댔다. 마트에는 다른 시식대도 충분히 있었다. 배가 고팠다거나 갈증이 났다거나 하는 일반적인 이유만으로는 설명하기 어려운 행동이었다. 마트에서의 일이 있고 두 달 뒤 공선은 굶어 죽었다.

공선은 효주에게 본인의 감상과 본인의 이야기를 들려주고 싶었다. 하지만 효주에게는 유령의 목소리가 들리지 않았다. 유령은 좋은 걸 좋다고 말하는 일에서 자연스럽게 소외됐다. 유령에게는 매우 슬픈 일이었다. 존재하고 있지만 살아 있지는 않다는 것을 실감하는 순간이었기 때문이다.

다시 살고 싶은 건 아니었다. 절대로 살아 있을 때로 돌아가고 싶지 않았다.

그런데 닿고는 싶었다.

책도 직접 넘겨 보고, 잔디도 손으로 쓸어 보고 싶었다. 호수 밑에 가라앉아 있는 시체도 더 훼손되기 전에 서둘러 끌어 올려 주고 싶었고, 잔디밭에 한가로이 누워 있는 저기 저 사람이 범인이라고도 말하고 싶었다.

비눗방울도 터뜨려 보고 싶었고, 시고 달고 씁쓸한 아이스크림도 맛보고 싶었다. 친구도 만들어 보고 싶었고 소설도 써 보고 싶었다.

지금 가장 하고 싶은 건 무엇보다도, 공선은 이런 소설과 이런 장면을 굳이 쓴 작가를 한번 끌어안아 보고 싶어졌다. 특별한 감정은 없었다. 단순히 효주라는 사람의 덩어리를 느껴 보고 싶었다. 공선은 본인의 가슴팍에 손을 집어넣고 괜히 한번 휘저었다.

"똑바로 잡아 봐."

"이런 거 잘못 시도하면 큰일 난다던데."

"너 원래 이렇게 겁이 많았어?"

지민이 태오를 타박했다. 지민은 소설 후반부에 나오는 귀신을 현실 세계로 불러오는 강령술 장면이 조금 아쉽다는 의견을 내놓았다. 손목시계와 양초, 피 한 방울로 이루어지는 강령술이었는데, 찾아보니 실제로 있는 방법이었다. 지민은 소설에 나오는 강령술이 너무 제대로 된 강령술 같아서 오히려 심심하게 느껴진다고 말했다.

두 사람은 소설에 들어가면 좋을 만한 강령술을 인터넷에서 더 찾아보았다. 효주에게 실질적으로 도움이 되었으면 싶어 직접 해 볼 수 있는 것은 해 보기도 했다. 저주가 남는다고 적혀 있거나 위험해 보이는 강령술은 하지 않았다. 강령술도 시대에 따라 방식이 조금씩 달라져 왔는데, 현대의 강령술은 귀신과 소통할 SNS 계정을 따로 만들어 답을 주고받는다거나 유명한 코미디 프로그램에서 나온 유행어를 활용하기도 하는 등 어설프면서도 가볍게 해 볼 수 있는 게 많았다.

"야, 이건 진짜 웃기다. 이런 거는 나도 만들겠다."

"진짜 만들어 볼래?"

두 사람은 새로운 강령술 만들기에 금세 심취했다. 조금의 신빙성도 없는 비과학적인 엉터리 강령술이었다. 공선도 두 사람의 강령술에 동참해 주었다. 공선은 두 사람이 여기 있느냐고 물어봤을 때 여기 있다고 답했다. 모습을 드러내라고 했을 때 자리를 옮겨 두 사람 앞에 앉았다. 강령술이 실패할 때마다 공선은 이 상황이 재밌어서 작게 웃었다.

사람과 유령 모두 강령술이 성공할 것이라고는 생각하지 않았다. 그저 닿을 수 없는 대상과 소통하고자 하는 행위에서 은근한 긴장감과 즐거움을 느낄 뿐이었다.

그러다가 강령술이 성공했다.

"아니 잠깐만…… 나 방금 뭔가에 부딪힌 거 같은데…….''

몇 가지 자잘한 의식을 치르고 귀신과 머리를 부딪쳐야 하는 강령술이었다. 공선은 이번에도 지민에게 머리를 부딪쳐 줬다. 그런데 진짜 아팠다. 평소와는 다르게 공선의 머리가 지민의 머리를 통과하지 않았다. 두 사람의 머리는 분명히 부딪쳤다.

"너네 뭐 한 거야?"

공선이 얼떨떨한 표정으로 물었다. 공선의 말은 지민과 태오에게 다시 들리지 않았다. 닿지도 않았다. 그 순간 갑자기 여기저기서 비명이 들렸다. 호수에서 시체가 떠오른 것이었다. 지민과 태오도 놀란 얼굴로 호수에 떠오른 시체를 바라보았다. 순식간에 많은 사람이 호숫가로 모여들었다. 공선은 호수를 바라보고 있는 지민에게 다시 말을 걸었다. 머리를 부딪쳐 보기도 했다. 몇 번을 시도해 봐도 아까처럼 고통을 느낄 수는 없었다.

오선영   ―――――――――――――――――――――

2013년 부산일보 신춘문예에 단편 소설 「해바라기 벽」이 당선되며 작품 활동을
시작했다. 소설집 『모두의 내력』, 『호텔 해운대』, 『문밖에 누군가가』(공저) 등을 썼다.
평사리문학상, 부산작가상을 수상했다.

후원
명세서 _____ 03

빨간 운동화

공식 홈페이지는 접속자 폭주로 마비가 되었다. 윤미는 새로 고침을 몇 번 누른 뒤에 간신히 접속에 성공했다. 선착순 깜짝 세일에 도전할 때처럼 재빨리 아이디와 패스워드를 입력하고 로그인을 했다. 문의 게시판과 자유 게시판은 그야말로 폭격을 맞은 것 같았다. 일주일에 서너 개 올라오던 게시물이 몇 시간 만에 삼백 개가 넘게 생겼다. 꼼꼼히 읽지 않아도 무슨 내용인지 짐작이 갔다. 윤미가 스크롤을 내려 제목을 훑어보는 사이에 새로운 글이 네 개 더 업로드되었다.

사내 게시판 역시 마찬가지였다. 담당자가 누구냐, 게시 글을 쓴 사람이 문제다, 이대로 가다간 재단 이미지 엉망이 된다, 후원자 관리를 어떻게 하는 거냐 등등 수많은 말들이 하늘에서 떨어졌다.

윤미는 댓글을 달까 싶다가, 똑같은 말을 덧붙이는 것 같아서 그냥 두었다.

"봤어?"

팀장이 윤미의 어깨에 손을 얹으며 물었다.

"네."

"윤미 씨가 신경 쓸 일 아니니까 너무 담아 두지 마."

팀장이 별일 아니라는 듯이 무심하게, 그렇지만 윤미를 배려하는 것이 느껴질 법한 말투와 눈빛으로 대답을 했다.

"네."

윤미는 긍정도 부정도 아닌, 일체의 감정이 섞이지 않은 것 같은 태도로 간결하게 답했다. 이런 일에는 어떤 반응을 보여야 하는지 이미 잘 알고 있었다.

공식 홈페이지가 폭주한 이유는 어느 포털 사이트 게시판에 올라온 글 때문이었다. 자신을 삼십대 중반의 평범한 회사원이라고 소개한 남자는 오 년 동안 한 아동 복지 재단을 후원하고 있다고 밝혔다. 연봉이 그리 높은 편은 아니지만 열심히 땀을 흘려 번 돈으로 어려운 환경에 처한 불우한 아동을 돕고 싶다고 했다. 남자는 한 달에 삼만 원을 후원하다가 올 초부터 오만 원으로 증액했다고 글을 이어 갔다. 후원 아동이 공부를 잘하는지, 키가 큰지 혹은 작은지, 학교생활은 원만히 하고 있으며, 교우 관계는 좋은지 등 궁금한 점들이 많았지만 아이에게 부담을 주는 것 같아서 최대한 접촉을 삼갔다고 덧붙였다. 어릴 적 읽은 동화책 속의 '키다리 아저씨'처럼 조용히 뒤에서 돕고 싶었기 때문이라고 했다.

그러다가 어린이날이 다가와서 담당 복지사에게 메일을 남겼다. 아이가 갖고 싶은 물건을 말해 주면 따로 선물을 사서 보내겠다고. 글쓴이가 게시 글을 쓰게 된 이유는 바로 이 부분 때문이었다. 아이가 담당자에게 말한 선물은 고가의 '나이키' 운동화였다. 2018 러시아 월드컵 한정판으로 나온 빨간 운동화는 일반 운동화에 비해 세 배나 비쌌고, 구하기도 무척 힘들었다. 글쓴이는 자신도 신어 본 적 없는 한정판 나이키 운동화 이름을 보고, 메일이 잘못 왔나 싶었다고 했다. 기초 수급 대상자인 저소득층 아이가 이런 신발명을 안다는 것이 놀라웠으며 삼십만 원이 넘는 신발을 사달라고 했다는 것도 믿을 수 없다고 밝혔다. 내용이 사실이 맞는지 해당 담당자에게 다시 메일을 보냈다. 담당자는 후원 아동이 원하는 품목이 맞으며, 선물을 하지 않아도 된다는 냉담한 답을 보내왔다. 자신은 순수한 선의로 도우려 했는데 담당자는 자신을 선물 가격을 보고 주저하는, 속물로 대해서 몹시 불쾌하고 화가 났다고 했다. 몇 년 동안 어려움에 처한 아동을 후원한 결과가 아동 복지 재단의 무례하고 어이없는 답변과 태도로 돌아왔다면서 글을 맺었다.

게시물은 처음 게시된 사이트에서 조회 수 1위가 되었다. 여기저기 카페와 개인 블로그 등 여러 SNS로 옮겨졌다. 대부분 삼십만 원짜리 나이키 운동화를 사 달라고 한 아이의 싸가지 없음에 열을 올렸다. 그렇게 비싼 신발을 사 달라고 하는 뻔뻔함은 뭐냐, 받는 것에 익숙해서 고마움을 모른다는 댓글이 달렸다. 한쪽에선 말을 전한 담당자가 잘못했지 가지고 싶은 것을 말하라고 해서 대답한 아이가 무슨 잘못이냐, 저소득층 아이는 나이키 운동화 신으면 안 되냐, 글쓴이는 도대체 얼마짜리 선물을 하고 싶었던 거냐 등의 말들도 이어졌다. 각자가 아는 복지 재단의 불공평한 처우와 부조리를 릴레이 경주를 하듯 끊이지 않게 폭로했다.

"이 대리님 보셨어요?"

옆자리의 최 간사가 물었다. 윤미는 까딱하고 고개를 끄덕였다.

"어떡해요? 진짜 이렇게 일이 커질 줄 몰랐어요. 아동에게 선물을 하고 싶다고 계속 메일을 보내서, 진짜 계속 부탁을 하길래 전달한 건데……."

이 사건의 담당자가 바로 최 간사였다. 최 간사는 발을 동동 굴리고 손톱을 잘근잘근 씹으면서 같은 말을 반복했다. 이제 입사한 지 육 개월이 된 최 간사는 중학교 때 읽은 책 한 권을 계기로 평생을 아동 복지와 인권을 위해 힘쓰겠다는 비전을 품게 되었다고 한다. 자연스레 사회 복지학과에 입학했고, 당연한 수순을 밟듯 NGO 기관에서 인턴으로 근무한 뒤 지금의 아동 복지 재단에 입사를 했다. 아동의 인권과 복지를 위해, 직원의 인권과 복지는 반납할 수밖에 없는 복지 기관이었지만, 최 간사는 그 모든 것을 달게 받아들였다. 저 하나 희생해서 더 많은 아이들을 도울 수 있다면 기꺼이 제단 위의 순결한 번제물이 될 수 있다고 했다. 그런 최 간사였기 때문에 나쁜 의도를 가지고 일 처리를 했다고 보기는 어려웠다.

"매뉴얼대로 했어야 하는데, 아…… 진짜 매뉴얼대로 했어야 하는데. 난 진짜 이런 일이 벌어질 줄 모르고. 애가 좋아하는 거 주고 싶었어요."

윤미가 책상 위에 있던 두루마리 휴지를 최 간사에게 건네주었다. 최 간사는 동그랗게 말린 휴지를 껴안고 눈물방울을 뚝뚝, 떨어뜨렸다. 댓글 공격을 받고 있는 아이에 대한 미안함 때문인지, 글을 쓴 후원자에 대한 섭섭함 때문인지, 아니면 일을 제대로 처리하지 못했다는 아쉬움과 제 의도는 그렇지 않았다는 억울함 때문인지, 그렇게 한동안 휴지를 끌어안고 앉아 있었다.

오렌지 주스

"애가 좋아하는 거 주고 싶었어요."

윤미는 울고 있는 최 간사를 보면서 생각했다. 해당 아동은 정말 나이키 운동화가 가지고 싶었던 걸까, 어떻게 제가 좋아하는 것을 떳떳하게 밝혔던 걸까. 그보다는 원하는 것이 무엇인지, 무엇을 좋아하는지 명확하게 알고 있기는 했을까. 윤미가 궁금한 것은 매뉴얼도, 후원자가 보여 준 선의의 마음도, 최 간사의 소박한 바람도 아니었다. 게시 글 속 아동의 심리 상태였다.

사회 복지사가 방문하는 날이면 엄마는 어린 윤미에게 이런저런 집안일을 시켰다. 거실이자 부엌인 큰방과 침실 겸 공부방으로 사용하는 작은방의 먼지를 털고 청소하라고 했다. 평소 한 번 닦고 나면 그만인 텔레비전 선반과 낮은 책상도 두 번씩 꼼꼼하게 걸레질을 해야 했다. 배수구에서 음식물 쓰레기 냄새가 나지 않게 거름망 안의 찌꺼기들도 말끔히 치웠다. 세면대의 물때와 비눗갑에 허옇게 눌어붙은 잔비누도 초록색 솔로 박박 문질러 없앴다.

　"미니 슈퍼에 가서 오렌지 주스 좀 사 와라."

　청소가 끝나면 엄마는 심부름을 시켰다. '미니' 슈퍼라는 이름과 달리 슈퍼 안은 어린 윤미를 유혹하는, 매혹적인 물건들이 가득했다. 봉지째 놓인 감자 스낵에선 짭조름한 소금기가 느껴졌고, 뚜껑이 굳게 닫힌 알록달록한 사탕병에선 달달한 단내가 났다. 냉동고 안의 아이스크림에선 입안이 얼얼할 만큼 찬 기운이 느껴졌다. 하지만 뱀의 유혹에도 선악과를 따지 않는 이브처럼 윤미는 모든 유혹을 뿌리치고 냉장고 앞으로 담담히 걸어갔다. 주저함 없이 유리문을 열고, 단정하게 서 있는 오렌지 주스 한 캔을 들었다. 또르르르……. 주황색 알루미늄 캔을 따라 작은 물방울이 흘러내렸다. 톡, 독사에게 물린 것처럼 물방울이 떨어진 자리에 강렬한 통증이 일었다. 맹독이 퍼지듯이 손바닥, 손등, 어깨를 따라 통증은 점점 번져 나갔다. 급기야 윤미의 작은 입속까지 파고들었다. 불주머니를 삼킨 것처럼 입안이 따갑고 쓰라렸다. 활활 타오르는 불꽃 때문에 치아가 몽땅 녹아내릴 것 같았다. 윤미는 캔 뚜껑을 따서 차가운 오렌지 주스를 벌컥벌컥 마시고 싶은 충동을 느꼈다.

"오늘 손님 오시나 보네."

카운터에서 윤미를 지켜보고 있던 주인이 말을 걸었다. 한 달에 한 번, 셋째 주 금요일마다 윤미는 오렌지 주스 한 캔을 샀다. 슈퍼 주인은 집마다 CCTV를 설치해서 관찰하는 사람처럼 동네 사정을 훤히 꿰고 있었다. 윤미네 집에 누가 오는지, 왜 오는지, 무엇 때문에 오는지 속속들이 알았다.

"엄마 친구분들이 오세요."

윤미는 제가 한 생각을 떨쳐 내면서 대답을 했다. 불경한 무언가를, 생각한 것만으로도 회개 기도를 해야 하는 어떤 일을 떠올린 것처럼. 윤미는 카운터 위에 이백 밀리리터 오렌지 주스 캔을 내려놓으며 야무지게 말했다. 윤미의 대답과 윤미의 표정과 윤미의 태도를 보고 있으면 정말로 엄마의 친구들이 집에 올 것처럼 느껴졌다. 세제와 갑 티슈, 제철 과일과 과자 상자를 포도송이처럼 주렁주렁 매단 지인들이, 지금이라도 당장 현관문을 열고 들어올 듯했다. 그런 윤미를 보며 슈퍼 주인이 어떤 표정을 지었는지 모르겠다. 윤미는 그것까지 계산하고 행동하기에는 너무 어렸다.

이백 밀리리터 오렌지 주스는 두 잔의 유리컵에 나누어져 사회 복지사와 복지 재단 직원 앞에 놓였다.

"따로 드릴 건 없고 이거라도 드세요."

엄마는 집에 놀러 온 친구들을 대접하듯이 자연스레 말했다. 허리를 꼿꼿이 세우고 앉아 있는 것조차 힘이 들었을 텐데도 표정과 말투만은 여유와 기품이 넘쳤다.

"윤미야, 잘 지냈지?"

담당자가 묻는 질문에는 항상 '네'라고 말해야 한다. 무엇을 묻거나 질문을 해도 착하고 예의 바른 인상을 심어 주어야 했다. 윤미는 유리잔에 담긴 주황색 주스에서 눈을 떼지 못했다. 꾹꾹 눌러 담았던 갈증이 목구멍을 타고 슬금슬금 올라왔다. 윤미의 눈길을 읽은 담당자가 유리잔을 윤미 앞으로 옮겨 놓았다. 곁에 있던 엄마가 윤미를 향해 검은 눈썹을 씰룩였다. 해서는 안 되는 일이었다.

"없는 집 아이라고 얕보이면 안 돼."

엄마는 매번 같은 말을 했다. 없는 집의 '없다'가 무엇인지는 명확치 않았다. 돈, 아빠, 자가용 혹은 집이 없다는 건지. 건강과 직업, 사회적 지위라는 건지. 앞서 말한 모든 것이 없다는 건지. 엄마는 '무엇'이 무엇인지를 생략한 채, 윤미를 단속하고 단속했다.

비싼 브랜드 옷은 못 입어도 깨끗하게 빤 옷을 단정하게 입는다. 학원을 다니진 못해도 숙제와 수행 평가는 최선을 다해서 한다. 길거리 음식을 먹으면서 돌아다니거나, 교복을 입은 채 남녀 짝을 지어서 노래방이나 PC방에 다니는 일도 하지 않는다. 없는 사람임을 표시 내지 않기 위해 엄마가 내린 십계명이었다.

그중 가장 중요한 율법은 절대로 무언가가 필요하다는 말을 하지 않는 것이었다. 그것이야말로 내가 가진 게 없음을, 무엇이 결핍되었는지를 공공연하게 떠벌리는 일이었다. 결핍은 벗기고 벗겨도 계속해서 껍질이 나타나는 양파와 같았다. 한 겹 벗기고 나면 괜찮아질 줄 알았는데, 또다시 얇은 껍질이 나타났다. 두 눈이 새빨갛게 되도록 나의 결핍을 벗기고 나면, 그 자리엔 어떤 것도 남지 않았다. 어느 누구도 양파의 씨앗, 열매 따위를 만들어 주지 않았다. 그렇기에 엄마는 아주 오래전부터 윤미에게 말했다. '어떤 욕망도 드러내선 안 돼.' 어린 윤미에게 그 말은 신앙이 되었다. 윤미는 어떤 것도 사 달라고, 필요하다고 떼쓰지 않는 '착한' 아이로 자랐다. 어른들은 그런 윤미가 없는 집 아이 같지 않다며 칭찬했다.

내 친구 쥬디

예정에 없던 확대회의가 열렸다. 윤미가 속한 결연 관리팀과 미디어 홍보팀, 사례 관리팀이 대회의실에 모였다. 점점 악화되고 있는 여론을 어떻게든 수습해야 했다. 가장 화가 난 부서는 미디어 홍보팀이었다. 어린이날을 앞두고 공중파 프로그램과 연계한 모금 방송을 잡아 놓은 상태였다. 이십 년이 넘게 진행된 어린이날 특별 방송은 아동 복지 재단에서 할 수 있는 가장 큰 행사여서 실수나 착오가 생기지 않게 더욱 주의를 기울였다. 물론 여느 날보다 후원자 수가 늘고, 모금액이 증가하는 날이기도 했다. 방송은 유명 연예인이 아동을 찾아가서 사연을 듣고, 이 아이에게 어떤 후원이 필요한지 스튜디오에 나와서 설명하는 방식으로 진행되었다. 출연 연예인에게는 장시간 비행기를 타고 해외 봉사를 가는 것에 비해, 상대적으로 적은 품을 들여 좋은 이미지를 쌓을 수 있는 기회였다. 팬덤이 강한 아이돌이나 평소 공익 캠페인에 자주 참여해 온 선한 인상의 연예인이 나오면 모금 액수가 더 증가하기도 했다. 방송국 역시 공익에 힘썼다는 이미지를 얻을 수 있었다. 방송국과 연예인, 복지 재단 모두에게 실보다는 득이 많은 프로그램이었다.

방송에 노출되는 아이들은 대부분 한 부모 가정의 저소득층 아이로 치료비가 많이 드는 난치병을 앓고 있었다. 방송을 통해 모금액이 모이고, 아동들이 치료를 받아 일상을 되찾는 과정을 보는 것은 이 일에 종사한 사람이 가질 수 있는 보람과 기쁨이었다. 각자가 한 작은 선행으로 어려운 환경에 있던 아이가 희망을 가지고 새로운 삶을 살게 되는 건 아동 복지 기관의 최종 지향점이었다.

그렇기에 윤미도 홍보 팀원들이 화를 내는 이유를 충분히 이해할 수 있었다. 사력을 다해야 할 특별 방송을 앞에 두고, 재단이 후원자와 삼십만 원짜리 나이키 신발 싸움을 하고 있으니 말이다.

"시청자도 못 신는 한정판 운동화를 신겠다는 애한테 무슨 동정이 가고, 마음이 쓰여? 결연 관리팀은 도대체 어떻게 일을 하고 다니길래 일을 이 지경으로 만드는 거야!"

평소 사람 좋기로 소문난 홍보 팀장이 목소리를 높였다. 동정,

시혜, 구걸과 같은 단어는 아동 복지 재단의 금기어였다. 후원 아동과 후원자에게 잘못된 인식을 심어 줄 수 있는 단어들이었다. 홍보 팀장은 미디어가 이를 재생산한다면서 종종 방송국과 신문사에 직인을 찍은 공식 문서를 만들어 발송하곤 했었다.

최 간사가 자리에서 일어났다.

"죄송합니다, 팀장님. 그런데 후원자도 이전부터 이상한 부탁을 계속해 왔어요. 자기 회사에서 하는 자선 파티가 있는데 아이를 보내 달라고 하고, 속옷을 사 주고 싶으니 사이즈를 물어봐 달라고도 했고요. 심지어는 후원금이 아동에게 제대로 사용된 게 맞는지 매일 지출 내역을 명세서와 함께 팩스로 보내 달라고도 했어요. 이런 요구들은 제가 다 막은 거예요!"

윤미 앞에서 눈물을 뚝뚝 흘리던 최 간사가 당차게 제 할 말을 했다. 결과가 이렇게 나왔지만, 모든 잘못이 제게만 있는 것은 아니라는 의미였다.

"그런 후원자 한두 명 봐? 지금 중요한 건 나이키 운동화지, 다른 말이 뭐가 필요해!"

홍보 팀장이 목소리를 더 높였다. 입사 육 개월 차인 최 간사에겐 낯설고 부당했던 요구들이 복지 기관에서 십 년 이상 일한 홍보 팀장에게는 그저 익숙하고 낯익은 일들이었다.

홍보 팀장의 말대로 후원자가 모두 선한 의도를 가지고 후원을 하는 것은 아니었다. 대부분이 아동을 우선으로 여겼지만, 개중에는 자신의 재력과 명성을 과시하기 위해 후원 활동을 하는 이도 있었다. 세상에 공짜가 어딨냐며 후원자의 부당한 요구에 후원 아동이 응해야 한다고 여기기도 했다. 어떤 이들은 후원금이 제대로 쓰였는지 집요하게 물었다. 분기별, 연도별로 후원금 사용 내역과 사용 출처를 책자로 만들어 발송해도 믿지 못했다. 후원금으로 기관의 직원들이 배를 불린다며 얼굴을 찌푸렸다.

입사 후 윤미도 겪은 일들이었다. 그때마다 윤미는 후원자들에게 말하고 싶었다. 후원이 필요한 아동을 찾아내고, 어떤 방식으로 어떻게 도와야 하는지를 직원들이 조사하고 고민하는 것을 아느냐고. 해외 사업을 진행할 때는 언어를 배우고, 지리와 풍습, 문화, 생활 습관까지 오랜 시간 연구하고 조사해야 했다. 그 모든 일들을 비영리 기관인 아동 복지 재단에서 하며, 그렇기에 후원금으로 직원들의 인건비가 나갈 수밖에 없었다. 그렇다고 해도 일반 기업에 비해서는 박봉이었다. 하지만 이런 말들이 구걸 운운하는 상대방에겐 제대로 들리지 않는다는 것을, 윤미는 무수히 반복되는 항의 끝에 알게 되었다.

아까부터 윤미네 부서 팀장이 윤미와 홍보 팀장, 최 간사의 얼굴을 삼각형을 그리며 흘깃거렸다. 그중 가장 표시 나게 눈길이 머무는 곳은 윤미였다. 팀장은 배려와 위로의 씀씀이가 넘치는 사람이었다. 팀원 모두에게 마음을 주고, 일로 인해 마음을 다치는 일이 없길 바랐다. 하지만 그런 배려와 마음 씀씀이가 누군가와 누군가가 다르다는 것을, 무의식적으로 구별한 데서 비롯된다는 사실은 모르는 사람이었다. 윤미가 팀장을 둔하고 눈치 없는 인물로 여긴다는 것도 물론 알지 못했다.

윤미는 팀장이 만든 삼각형의 가운데 꼭짓점에 자신이 있다는 것을 알아챘다. 윤미 한 번 보고 홍보 팀장을 보고, 윤미 한 번 보고 최 간사를 한 번 보았다. 윤미는 팀장의 바람대로 안정적인 정삼각형을 완성하고픈 마음이 없었다. 오른편 벽시계를 향해 상체를 확, 틀어 버렸다. 꼭짓점을 이탈해서 삼각형을 무너뜨렸다.

"그만들 좀 하세요. 뭐라고 말을 해도 가장 속상한 사람은 후원 아동이에요. 기대했던 선물을 못 받았잖아요."

윤미를 보던 결연 관리팀 팀장이 회의를 끝내려는 듯 의자에서 벌떡 일어났다. 탁, 소리와 함께 접이식 의자가 회의실 바닥으로 넘어갔다. 윤미는 벽시계에서 시선을 거둬 팀장을 바라보았다. 팀장과 윤미의 눈이 마주쳤다. 아동이 속상할 거라는 팀장의 말이 화살처럼 날아들었다.

오래전, 윤미도 TV 방송에 출연한 적이 있다. 크리스마스 특별 프로그램이었다. '이 시대의 신사임당'이라 칭송되는 중년의 배우가 윤미네 집을 찾았다. 윤미의 엄마보다 열 살은 족히 많았으나, 투명하고 맑은 피부는 중학생인 윤미보다 좋아 보였다. 배우는 윤미 집 곳곳을 시대극 세트장에 온 듯 구경했다. 가끔씩 윤미와 엄마에게 말을 건넸다. 개인적인 호기심에 기반을 둔 사변적인 질문들이었다.

"책 좋아하니?"

"네."

배우가 윤미의 낮은 책상을 쳐다보곤 다시 물었다.

"무슨 책?"

"헤르만 헤세의 『데미안』이요."

윤미와 배우의 대화를 듣던 담당 PD가 메인 작가를 불렀다. 두 사람의 대화에서 좋은 아이디어가 떠올랐다는 것이다. 메인 작가가 다시 윤미를 호출했다. 배우의 질문에 『키다리 아저씨』를 답하라고 주문했다. 윤미도 잘 알고 있는 책이었다. 지겹도록 많이 들은 제목이었다. 윤미는 그 책이 중학교 2학년이 즐겨 읽는 책으로는 어울리지 않는다고 생각했다. 밑줄 긋고 싶은 문장도 없고, 줄거리나 구성 역시 엉성하다고 여겼다. 키 큰 오빠도 아니고 키다리 아저씨라니. 촌스럽기 짝이 없는 제목이었다.

하지만 담당 PD와 메인 작가는 키다리 아저씨라고 답해야 한다며 힘주어 말했다. 쥬디처럼 씩씩하고 밝게 자라서 자신을 도와준 키다리 아저씨에게 보답하고 싶다는 내용을 덧붙이자 했다. 중년의 배우는 자신이 좋은 아이디어를 제공했다면서 뿌듯해했다.

윤미의 의사와는 상관없이 프로그램의 방향이 정해졌다. 메인 작가는 윤미의 교복 치마가 반질반질 닳아서 반짝일수록, 운동화 뒤축이 납작하게 눌릴수록 좋은 그림이 나온다며 윤미를 설득했다. 생크림이 눈처럼 뿌려진 크리스마스 케이크를 먹던 안방의 시청자들이 전화기를 들어 후원금을 보낼 확률이 높다고 말이다. '없는 사람'임을 윤미의 입을 통해 드러내선 안 되었지만, 미디어라는 방식을 통해 드러내면 결과가 확연히 달라졌다. 윤미를 단속하던 엄마도 이런 일에는 손을 놓았다. 그것은 윤미를 힘들게 하는 일이었지만, 아무것도 해 줄 수 없는 엄마에게는 최선의 방법이었다는 걸 윤미는 한참의 세월이 지난 후에야 알게 되었다.

윤미는 메인 작가가 써 준 대로 '내 친구 쥬디에게'라는 편지를 낭송했다. 일주일에 두 번씩 신장 투석을 받는 어머니와 사는, 착하고 성실한 여중생의 모습이었다. 교복을 입고 엄마 병간호를 하고, 집 청소를 하며, 공부하는 윤미의 모습이 고스란히 브라운관을 통해 방영되었다. 편지는 많은 시청자들의 눈물샘을 자극했다. 시청자들은 크리스마스 선물을 하듯 수화기를 들어 윤미네를 후원하겠다고 밝혔다. 착한 아이에게 선물을 주는 산타 할아버지가 되어, 울지 않고 꿋꿋하게 살아가는 윤미를 응원했다.

큰 모금액이 모였고 윤미네는 실질적으로 많은 도움을 받았다. 윤미는 새 교복과 운동화와 높은 책상과 의자를 선물받았다. 담당 PD가 생크림 케이크와 『데미안』을 사서 방문했다. 윤미와 엄마, 담당 PD는 달콤한 케이크를 나눠 먹고, 촬영 뒷이야기와 방송 내용을 주고받으며 즐거운 시간을 보냈다. 윤미는 까만색 표지의 『데미안』을 책상에 딸린 책꽂이에 꽂아 놓았다. 『데미안』이 읽고 싶을 때면, 책상 위의 스탠드를 켜고 의자에 앉아 책을 읽었다.

새는 알에서 나오려고 투쟁한다. 알은 세계이다. 태어나려는 자는 하나의 세계를 깨뜨려야 한다.

『데미안』에서 가장 좋아하는 구절을 일기장에 적었다. 그러다가 『데미안』과 『키다리 아저씨』의 간격을 찬찬히 짚어 보았다. 제일 좋아하는 책이 키다리 아저씨인지 『데미안』인지 혼자 묻기도 했다. 그에 대한 답을 비밀 일기장에 적었다가 아무도 몰래 지웠다.

그리고 한동안 전교생에게 쥬디로 불렸다. 윤미가 원한 이름은 아니었으나 윤미는 제 이름을 선택할 권리가 없었다.

다시, 오렌지 주스

윤미가 고등학교 3학년이 되었다. 윤미의 집안 사정을 알던 담임은 특별 전형으로 사회 복지학과에 지원할 것을 추천했다. 윤미의 내력이야말로 사회 복지학과에서 원하는 내용이라고 했다. 한 부모 가정에서 힘들게 자란 후원 아동이 바르게 성장해서, 자신과 같은 처지의 아이들을 돕겠다는 자기소개서야말로 자기소개서의 정점이라고 말이다. TV 출연 경험까지 있으니 다른 지원자와의 차별성도 갖춘 셈이었다. 윤미는 사회 복지학과에 입학하고 싶은 마음이 없었다. 누군가를 돕거나, 상대를 위해 헌신하고픈 마음도 없었다. 책을 좋아하는 윤미는 철학과에 가서 여러 사상가의 책들을 읽고 배우고 싶었다. 문예 창작과에 진학해서 글을 쓰고 싶기도 했다. 물론 제 이야기를 소설이나 시로 쓸 생각은 전혀 없었다.

하지만 윤미는 고민에 빠졌다. 담임의 말대로 특별 전형에 지원을 하면 무난히 대학교에 합격할 수 있을 것 같았다. 사실 윤미는 바르고 성실한 학생이었지만 공부를 잘하는 학생은 아니었다. 인문계 고등학교에서 흔히 볼 수 있는 별다른 특징 없는 열아홉 소녀였다. 단지, 기관의 보조를 받으면서 사는 사람들을 생각할 때, 바로 떠올리게 되는 이미지에서 조금 벗어난 학생일 뿐이었다.

그래서 윤미는 고민이었다. 원하지 않는 학과라도 대학생이 될 수 있는 기회를 잡아야 하는 것인가, 아니면 수학 능력 시험까지 공부를 해서 원하는 학과에 지원할 것인가. 키다리 아저씨의 쥬디라면 고민 없이 후자를 선택했을 것이다. 제 능력을 믿고, 밝고 건설적인 미래를 진취적으로 설계하면서 말이다. 그러나 윤미는 쥬디가 아니었다. 동화책 속 쥬디처럼 제 힘으로 열심히 해서 무언가를 만들어 나갈 수 있는 시대에 살지도 않았다. 윤미는 제가 쥐고 태어난 숟가락이 무슨 색인지 잘 알았다. 숟가락 색을 들키지 않기 위해 이제껏 갖은 애를 쓰면서 살아왔다. 카멜레온처럼 보호색을 만들면서 숟가락의 색을 그때그때 바꾸려 했다. 그러니 현실을 직시하고 제가 할 수 있는 일을 선택해야 했다. 어떤 선택을 하느냐에 따라 앞으로의 인생이 다르게 펼쳐질 것 같았다.

조퇴를 하고 윤미와 엄마는 시에서 지정한 의료 기관을 찾았다. 윤미는 이제 엄마를 업거나 안을 수 있을 만큼 키가 크고 체격이 좋았다. 엄마의 병색은 시간이 갈수록 짙어졌다. 마른나무처럼 생기가 없고 시들어 갔다. 윤미는 저보다 머리 하나가 더 작은 엄마가 언젠가 자신을 떠날 수도 있겠다는 생각을 했다. 그런 생각이 들자 엄마를 부축하던 손에 힘을 주어, 더 굳건하게 엄마를 받쳤다.

"사회 복지학과로 가."

병원 대기실에서 엄마가 말했다.

"하고 싶은 대로 하면서 살기엔 세상이 그렇게 만만하지 않아. 우리 형편에 대학이라니. 사람이 분수를 알고 살아야지."

담임이 특별 전형 원서를 쓰길 바란다며 엄마에게 전화를 했다. 수능 시험을 치지 않고 서류와 면접만으로 합격 여부를 결정하는데, 단정하고 바른 인상의 윤미는 높은 점수를 받을 것이라고 말했다. 오랫동안 윤미를 후원해 온 복지 재단장의 추천서까지 있으면 합격은 백 퍼센트라는 말도 했다.

엄마는 전화를 받은 것만으로도 윤미가 대학에 들어간 것처럼 기뻐했다. 곱슬곱슬 파마머리를 한 윤미가 캠퍼스를 누비는 모습을 상상했다. 자신은 경험해 보지 못했지만, 윤미만은 대학 캠퍼스의 낭만과 여유를 느껴 보기를 바랐다.

"분수를 알아야지, 우리 분수를."

엄마는 신장 투석실에 들어가면서 다시 한번 힘주어 말했다. 얇고 메마른 다리와 달리 목소리만은 철로 만든 파이프처럼 단단하고 곧았다.

혈관 여기저기에 바늘을 꽂은 채 엄마가 침대 위에 누웠다. 엄마의 몸속에서 나온 붉은 혈액들이 투명한 호스를 타고 병원 곳곳을 돌아다녔다. 파랗고 노란 버튼이 붙은 기계를 통과해서 다시 엄마의 몸속으로 천천히 흘러들어 갔다.

윤미는 간이 의자에 앉아 붉고 묽은 체액이 빙글빙글 돌아다니는 광경을 말 없이 보았다. 윤미의 피와 닮았으면서도 다를 엄마의 피와 살과 체취를 생각했다. 분수를 알라는 엄마의 말과 키다리 아저씨를 답하라던 방송국 PD와 사회 복지학과 원서를 펄럭이던 담임의 얼굴을 떠올렸다. 투석기에서 나온 피들이 좀 더 빠르게 움직이기 시작했다. 노폐물을 제거한 맑은 피가 엄마의 노쇠한 몸뚱어리로 스며들었다. 창백했던 얼굴에 생기가 돌고, 표정이 환해지는 것 같았다. 버석거리던 몸통에서 찰랑이는 물소리가 났다. 순간, 윤미는 팽팽하게 부풀어 오른 호스를 가위로 잘라 버리고 싶은 충동을 느꼈다. 잘려진 호스에서 쏟아져 나온 순정한 피로 병실 바닥이 흥건하게 물들기를 바랐다. 차가운 바닥이 붉은 피로 뜨겁게 달아오르길 원했다. 그 장면을 보면서 살얼음이 낀 오렌지 주스 한 캔을 벌컥벌컥 마시고 싶었다. 모든 갈증과 결핍, 해소되지 않은 욕망들이 오렌지 주스 캔에 붙은 물방울과 함께 일제히 폭발해버릴 것 같았다.

윤미가 고개를 세차게 흔들었다. 난데없는 살의와 무서운 욕망, 끔찍한 상상에 놀라 몸을 떨었다. 자리에서 벌떡 일어나 엄마 앞으로 갔다. 숨을 쉴 때마다 가죽만 남은 엄마의 배가 오르락내리락했다. 얼굴빛은 여전히 창백했다. 윤미는 안도의 숨을 쉬었다.

고등학교 졸업과 대학 입학을 앞둔 윤미의 상황은 일간지를 통해 알려졌다. 성실하고 착실한 저소득층 후원 아동이 자신과 같은 아동을 돕기 위해, 사회 복지학과에 지원해 합격했다는 내용이었다. 기사를 본 재단 측에서 윤미에게 장학금을 지급했다. 윤미는 엄마의 바람대로 곱슬곱슬 파마머리를 한 여대생이 되었다.

시간이 흘러 졸업 시즌이 되었다. 취업문은 좁고 높아졌으며 청년들은 일자리를 얻기 힘들었다. 윤미는 취직을 하고 돈을 벌고 싶었다. 그사이 엄마는 윤미 곁을 떠났다. 홀로 남은 윤미는 더욱 철저하게 홀로서기를 해야 했다. 이제 더 이상 심리적, 물리적으로 윤미를 '후원'해 줄 어른이 없었다. 구직 사이트에서 아동 복지 기관의 채용 공고문을 보았다. 정부의 방침에 따라 윤미를 후원하던 NGO 기관도 입사 조건을 대폭 수정했다. 학점과 스펙이 아니라 열정과 헌신, 아이들을 향한 마음과 사랑을 입사 기준의 첫 항목에 둔다고 하였다. 그들이 원하는 자기소개서를 쓰고, 면접을 볼 수 있을 거라는 확신이 들었다. 어쩌면 자신이야말로 힘든 아동들을 도울 수 있는 적격의 인물이지 않을까 싶었다. 제가 받았던 도움과 지원들, 그리고 기피하고 싶던 순간들을 기억하며 후원 아동들을 대한다면 탁월한 전문가가 될 것 같았다. 이전엔 생각하지 못했던 아이디어, 프로그램들이 분수처럼 솟아올랐다. 윤미는 진심을 다해 자기소개서를 썼다.

"안녕하세요? 신입 사원 이윤미입니다."

윤미가 허리를 구부려 꾸벅 인사를 했다. 파티션 너머로 팀원들의 얼굴이 두더지처럼 솟아올랐다. 윤미를 처음 보면서도 오랫동안 알고 지낸 사람처럼 대했다. 친숙하면서도 경계하는 눈빛을 보냈다. 그렇게 윤미는 아동 복지 재단의 신입 사원이 되었다. 그리고 윤미의 드라마틱한 소식은 사보지를 통해 전 직원에게 알려졌다. 윤미는 크리스마스 특집 방송에 출연했던 어린 시절처럼 또 한 번 유명 인사가 되었다. 회사의 모든 이들이 윤미의 역사를 알았다.

다시, 빨간 운동화

홈페이지에 재단의 공식 입장이 올라왔다. 포털 사이트에 올라온 후원자의 글과 댓글을 읽으면서 재단도 자신들의 태도를 다시 한번 되돌아보고 반성했다고 밝혔다. 하지만 다른 의도 없이 아동이 원하는 물건명을 전달한 것이 맞으며, 그 과정에서 후원자의 마음을 상하게 한 점은 죄송하다고 사과했다. 앞으로 이런 일에 대해서 좀 더 조심하고, 섬세하게 접근해서 해결하겠다며 공식 사과문을 맺었다. 아동 복지 재단의 입장이 나오자 게시 글을 썼던 후원자는 원본 글을 삭제했다. 이를 두고 네티즌 사이에서 많은 말들이 오고 갔으나 재단 측에선 아무런 대응을 하지 않았다. 더 이상 일을 키우지 않기로 내부 회의에서 결론을 내렸다.

대신 결연 관리팀의 최 간사가 해당 아동을 만나 보기로 했다. 팀장은 해당 아동이 인터넷상의 글을 보았을 것이며, 마음을 다쳤을 것이라 추측했다. 정기 지원을 나가는 것처럼 약속 날짜를 잡고 아이 상황을 살펴보기로 했다. 최 간사는 혼자서는 도저히 못 가겠다면서 윤미에게 동행해 달라고 부탁했다.

윤미는 선뜻 같이 가겠다는 말을 하지 못했다. 입사 후 많은 아동들을 만나 프로그램을 진행했었다. 전화, 대면, 방문 인터뷰를 했고, 그때마다 윤미는 일을 탁월하게 잘 해내었다. 아동에게 해야 하는 말과 하지 말아야 하는 말, 취하거나 버려야 하는 표정과 태도를 본능적으로 알고 있었다. 윤미는 훌륭한 프로그래머이자 상담사였다.

이번 일은 담당자가 아니기에 부담 없이 방문하면 되는 거였다. 윤미는 본 적 없는 빨간 운동화를 떠올렸다. 무엇이 아이로 하여금 제 욕망을 드러내게 했는지 궁금했다. 짐작이 가지 않는 그 마음이 계속해서 신경이 쓰였다. 한편에선 가지 말라는 소리가 메아리처럼 돌아왔다. 개인적인 호기심으로 동행하기에는 윤미가 감당하지 못할 어떤 일들이 벌어질 것 같았다. 팀장의 말처럼 상처받은 아이의 맨얼굴을 오롯이 대면해야 할 수도 있었다. 찢어진 마음을 꿰매려 한들, 그 자국까지 지울 수 있는 건 아니었다. 윤미는 제 얼굴과 비슷한 누군가의 얼굴을 마주할 수 있을지, 머뭇거려졌다.

최 간사가 패스트푸드 가게 문을 열고 들어갔다. 창가에 있던 남자아이가 자리에서 일어섰다. 윤미보다 두 뼘 이상 키가 크고, 턱수염이 거뭇거뭇 난 고등학생이었다. 옆자리에는 교복 재킷이 가지런히 걸려 있었다. 작고 어린 남자아이를 상상했던 윤미는 성인 남자처럼 보이는 후원 아동의 모습에 흠칫 놀랐다.

"오랜만이네요, 쌤."

남학생이 말했다.

"그러게. 집에서만 보다가 이렇게 보니 또 다르네."

최 간사가 친근한 목소리로 답했다. 할머니는 몸이 좀 나아지셨는지, 학교생활은 잘하고 있으며, 지난번 고친 수도 시설은 괜찮은지에 대한 이야기가 오갔다.

윤미는 남학생에게서 눈을 떼지 못했다. 햄버거와 감자튀김, 콜라 세트를 다 먹은 남학생은 옆집 누나에게 말하듯, 햄버거가 더 먹고 싶다고 했다. 최 간사의 카드를 받아서 빅 사이즈 불고기 햄버거를 하나 더 사왔다. 콜라는 무료 리필을 받아서 돈이 굳었다며 손가락 브이를 했다. 입을 크게 벌려 햄버거를 한번에 베어 물고는 콜라를 들이켜 마셨다. 꿀꺽꿀꺽, 콜라를 삼킬 때마다 굵은 목울대가 함께 움직였다. 최 간사와 시시껄렁한 농담을 하고 서슴없이 장난을 쳤다. 중간중간 스마트폰으로 친구에게 카톡을 보냈다. 그 모습이 너무 자연스러워서 오히려 윤미는 어색하고 이상했다.

"혹시 봤니?"

"뭐요?"

"……운동화 말야."

"아, 그거요. 신경 쓰지 마세요. 쌤."

남학생은 대수롭지 않다는 듯이 손사래를 치며 말했다. 이미 게시 글을 보았고 어떤 이야기가 오갔는지까지 줄줄이 꿰고 있었다. 남학생의 이야기가 이어질수록 윤미는 제 얼굴이 점점 달아오르는 것을 느꼈다. 뜨거운 차를 들이켠 것처럼 속에서 열이 나고 화끈거렸다. 그런 마음을 들킬까 싶어 윤미는 더 열심히 이야기를 들으려 했다.

"미안하네. 내가 일을 제대로 못해서."

최 간사가 고개를 떨궜다. 이미 남학생도 사건의 전모를 다 알고 있는 상황에서 숨기거나 피할 이유가 없었다.

"진짜 괜찮다니까요, 쌤. 자기도 없는 거 사 달라고 해서 빡쳤겠죠. 근데 진짜 필요한 거 말하라고 해서 말한 건데. 초딩도 아닌데 이 나이에 가오 빠지게 짝퉁 신기도 그렇고…… 근데, 쌤. 이거 보세요!"

남학생이 의자 옆으로 한쪽 다리를 쭉 빼서 들었다. 긴 다리 끝에 2018 러시아 월드컵 한정판 빨간색 나이키 운동화가 신겨 있었다. 윤미와 최 간사가 두 눈을 동그랗게 뜨고 운동화를 쳐다보았다. 아무도 예상하지 못한 일이었다. 두 사람의 모습이 재미있다는 듯 남학생이 낄낄거리며 큰 소리로 웃었다. 웃을 때마다 누런 앞니가 반짝였다.

"알바 더 했어요. 원래는 할머니 휠체어 수리하려고 모으는 중이었는데. 아저씨 글에 개빡치기도 하고, 키보드 워리어들 땜에 짱 나서 그냥 제 돈으로 시원하게 질렀습니다!"

남학생은 자리에서 일어나 두 발에 신긴 빨간색 운동화를 다시 한번 보여 주었다.

아아, 빨간 운동화! 윤미는 남학생의 신발에서 눈을 뗄 수가 없었다. 운동화 끈을 꽉 묶을 때처럼 가슴 한쪽이 뻐근해지면서 아려 왔다. 멀리 있으면서도 가까이 있고, 벗어나고 싶지만 벗어날 수 없던 시절들이, 채울 수 없는 욕망과 커져만 가던 결핍들이 윤미 곁으로 천천히 내려앉았다. 누군가가 운동화 끈보다 더 두껍고 억센 줄로 심장을 쥐어짜는 듯했다.

"이 대리님, 갑자기 얼굴이 너무 창백해요. 괜찮으세요?"

최 간사가 윤미를 보며 물었다. 최 간사와 같은 얼굴을 한 남학생도 영문을 모르겠다는 듯 윤미를 바라보았다. 윤미는 아무 일도 아니라며 애써 웃어 보였다. 입꼬리가 파르르 떨렸다. 무슨 말이라도 해야 할 것 같은데 말이 나오지 않았다. 그 모습을 숨기려고 고개를 숙였다. 탁자 아래로 남학생의 운동화가 보였다. 마치 맞춤 제작을 한 것처럼 꼭 맞았다. 후원 아동이 발을 움직이자 빨간 운동화에서 나온 붉은빛들이 주변으로 번져 나갔다. 서서히 퍼져 나가는 맑고 환한 불빛들. 윤미는 그 빛들을 보기 위해 두 눈을 크게 떴다.

* 참고 도서
헤르만 헤세, 『데미안』(전영애 역), 민음사, 2000.

서이제

2018년 문학과사회 신인문학상에 중편 소설 「셀룰로이드 필름을 위한 선」이
당선되며 작품 활동을 시작했다. 소설집 『0%를 향하여』, 『왜가리 클럽』(공저),
『관종이란 말이 좀 그렇죠』(공저) 등을 썼다. 문학동네 젊은작가상, 오늘의 작가상,
이상문학상, 김만중문학상을 수상했다.

위시
리스트 ♥ _____ 04

∞

    온라인 서점 장바구니에는 103종의 책, 그러니까 총 1,681,700원어치의 책이 담겨 있었다. 장바구니에 담으면 책을 산 듯한 착각이 들었는데, 그래서인지 실제로 사게 되지는 않았다. 그렇다고 책을 아예 사지 않았던 건 아니다. 아주 가끔이었지만 그래도 마음이 내킬 때면 책을 사기도 했다. 어제는 온라인 서점에서 두 권의 책을 주문했는데, 그 책들을 주문하게 된 건 직장 동료 때문이었다. 동료는 요즘 당근마켓을 이용해 불필요한 물건들을 하나둘 처분하고 있다고 했다. 집 안에 물건이 줄어드니 스트레스도 덜 받는 것 같다고. 그 말을 들으니 나도 불필요한 물건들을 하나둘 처분하고 싶다는 생각이 들었다. 불필요한 물건들이 사라진 방을 떠올리는 것만으로도 스트레스가 사라지는 것 같았다. 나는 미니멀리스트가 되고 싶어져, 온라인 서점에서 미니멀리즘에 관한 책을 찾아보았다. 그런 책들은 아주 많았는데, 나는 판매량과 평점, 책의 목차를 차근차근 살펴보면서 나름대로 합리적인 판단을 내리려고 했다. 『내일은 미니멀리스트』는 미니멀 라이프를 시작하기 위한 구체적인 실천 방법들이 제시되어 좋았고, 『비소유의 의지』는 제목만으로도 나를 결연해지게 해 좋았다. 그 두 권의 책만 있으면 나도 완벽한 미니멀리스트가 될 수 있을 것 같았다. 나는 의지를 다졌다. 그러나 나는 책을 주문함으로써 비소유의 의지를 완전히 잃게 되었다. 애초에 내게 의지 같은 건 없었는지도 모르겠다. 이미 온라인 스토어 바구니에는 총 804,500원어치의 식료품이 담겨 있었고, 셀렉트숍 장바구니에는 총 8,395,700원어치의 의류가 담겨 있었으니까. 나는 필요한 것들과 사고 싶은 것, 언젠가 살 것이지만 언제 사게 될지는 정확히 알 수 없는 것들을 장바구니에 담았다. 장바구니는 언제나 가득 차 있었다.

∞

문호는 나보다 상태가 더 심각했다. 그는 장바구니에 책을 담는 데 꽤 많은 시간과 정성을 들였다. 심지어 그는 책을 많이, 아주 많이 샀는데, 책을 많이 사고도 읽지는 않았다. 원래부터 그랬던 건 아니었지만, 어쨌든 언제부턴가 그는 책을 읽지 않게 되었다. 읽지 않을 책을 장바구니에 담거나 사는 게 그의 취미였는데, 그게 그의 유일한 취미는 아니었다. 그는 매주 미술관에서 난해한 현대 미술 작품을 보며 고개를 끄덕였고, 예술 영화관에서 수면을 유도하는 영화를 보며 깊은 잠에 빠져들었다. 그것도 모자라, 그는 사람들에게 거의 알려지지 않은 연극이나 뮤지컬을 보러 다녔고, 경제적인 이유로 해체 위기에 놓인 밴드의 공연을 보러 다녔다. 그에게는 취미가 아주 많았는데, 그의 취미는 모두 블로그 게시물로 귀결되었다. 그는 매일 블로그에 감상을 남겼다. 그는 블로그 이웃들에게, 혹은 그보다 많은 사람들에게 다양한 정보를 제공했고 이에 보람을 느끼고 있었다. 날이 갈수록 그는 블로그 관리에 더 많은 정성을 들였다. 나는 대가 없는 일에 시간과 정성을 들이는 그를 이해할 수 없었다. 그 시간에 공부를 하는 게 어때? 일을 하는 건 어때? 나는 그렇게 말하고 싶었지만, 내가 그런 말을 할 처지는 아닌 것 같아 참았다. 문호, 너 파워 블로거가 꿈이냐? 아닌데. 에이, 솔직히 말해 봐. 진짜 아닌데. 나는 광고나 협찬도 다 거절해. 그럼 왜 이렇게 블로그를 열심히 해? 내가 묻자, 그는 아주 진지하게 대답했다. 사람들이 좋아해 주니까.

∞

쉬는 날에는 종종 문호를 만나 시간을 보냈다. 종로에서, 홍대에서, 이태원에서, 강남에서. 문호는 그때마다 카메라를 들고 나왔는데 그 카메라로 나를 찍어 주진 않았다. 아, 진짜 존나 서운하

네. 그렇게 대놓고 말해도 소용없었다. 그는 언제나 나를 등지고 서서 열심히 사진을 찍었다. 찰칵. 찰칵. 찰칵. 나는 블로그 게시물보다 못한 존재일까. 찰칵. 찰칵. 찰칵. 셔터 소리가 들릴 때마다 그런 생각이 들기도 했지만, 블로그 게시물보다 나아 봤자 딱히 좋을 것도 없을 것 같아서 그냥 그러려니 했다. 더군다나 문호가 아니면 쉬는 날 딱히 만날 사람도 없었기 때문에 그냥 그러려니 했다. 그래도 좋았던 건, 문호를 만나면 언제나 새로운 곳에 갈 수 있다는 거였다. 새로 생긴 맛집이나 분위기 좋은 카페. 신기한 메뉴들. 문호가 아니었다면 영원히 가 보지 못했을 곳들이었다. 뿐만 아니라, 나는 문호 덕분에 공연도 보고 전시도 보고, 지루하지만 뭔가 있어 보이는 영화도 볼 수 있었다. 찰칵. 찰칵. 내 옆에서 시종일관 사진을 찍던 문호는 갑자기 카메라를 내려놓고 내게 말했다. 그런데 요즘 현진이 뭐해? 그러게, 나도 연락 안 한지 오래 됐는데.

∞

한동안 너를 만날 수 없었다. 어떻게 지내는지 궁금해서 오랜만에 연락을 했더니 너는 뜻밖의 소식을 전했다. 나 사실 취직했어. 너는 그사이 바이럴 마케팅 회사에서 일을 하게 되었다고 했다. 뭐? 마케팅? 갑자기 웬 마케팅? 네가 뭘 팔 수 있는 애야? 웃음이 절로 나왔다. 그런 쪽으로 머리를 쓸 수 있는 애라고는 생각해 본 적이 없었기 때문이다. 혹시 모르지. 회사가 나의 숨겨진 재능을 발현시켜 줄지도. 너는 회사에 적응하는 동안 사람을 만날 여유가 없을 것 같다고 했다. 정신이 없고 마음이 편하지 않다고 했다. 그래서 그건 뭘 하는 건데? 나도 일 배우고 있는 중이라서 아직 잘 모르겠어. 대충 뭐, 사람들 취향 파악? 요즘 사람들이 뭘 좋아하고 뭘 원하는지, 일단 그것부터 파악해야 된대. 그게 기본이래. 그걸 알아야 마케팅을 할 수 있대. 나는 네가 하는 말을 듣고도 정확히 무슨 일을 하는 건지 알 수가 없어서, 도대체 사람들의 취향을 어떻게 파악하는 거냐고 물어보려다가 말았다. 그래서 그 일은 언제까지 할 건데? 모르겠네. 입사한 지 일주일밖에 안 돼서 아직 생각 안 해 봄. 기대가 되네. 뭐가? 너에게 앞으로 닥칠 고난과 절망, 그걸 극복해 나가는 너의 성장 서사 같은 거. 아휴, 시발. 너는 한숨을 뱉은 후, 이어 말했다. 만약 나한테 고난과 절망이 닥친다면, 그걸 극복해 나가는 성장 서사를 쓰기 전에 그만둘 거야. 그런 건 쓰면 안 돼. 고난과 절망이라니. 마치 문호가 쓴 소설 같잖아. 너는 나지막이 말했고, 나는 그제야 며칠 전 문호를 만났던 게 생각났다. 아, 안 그래도 문호가 너 어떻게 사냐고 묻던데? 나 며칠 전에 문호랑 뇨끼 먹음. 그래? 걔는 여전히 백수 한량 새끼인가 보네. 아니야, 걔 바빠. 블로그 엄청 열심히 해. 걔는 직업이 파워 블로거야? 아니, 그냥 혼자 취미로 하는 거래. 너는 잠시 아무런 말도 하지 않다가, 나지막이 말했다. 취미… 잘 지내면 됐지, 뭐. 행복하면 됐지. 그리고 우리는 여유가 생기면 그때 만나자는, 지키지도 못할 약속을 하고 전화를 끊었다.

∞

취직을 하기 전에 너는 설문 조사 아르바이트를 한 적이 있었다. 설문 조사에 응하면 소액의 돈을 벌 수 있는데, 설문 조사를 하는 건 그리 어려운 일도 아니고 시간이 많이 드는 일도 아니라서 별 부담 없이 하고 있다고 했다. 지하철이나 버스 기다릴 때, 식당에서 주문한 음식 기다릴 때, 잠깐 옥상에 나가서 담배 피울 때, 화장실에서 똥을 쌀 때, 그럴 때 틈틈이 하는 거지. 그래도 이거 계속하다 보면 돈이 모인다? 뭐, 그래 봤자 커피값이지만. 그래도 아무것도 안 하는 것보다 낫다. 그리고 질문에 답하는 거 재미있을 때도 있어. 나는 네가 하는 말을 들으며, 그렇게까지 열심히 돈을 벌어야 하나 싶었다. 지하철이나 버스를 기다릴 때조차 기다리는 일에 열중하지 못하고, 주문한 음식을 기다릴 때조차 맛을 기대하지 못하고, 일에 지쳐 잠깐 옥상에 나가 담배를 피울 때조차 쉬지 못하고, 심지어 화장실에서 똥을 쌀 때조차 일을 해야만 하는 건지. 그러면 도대체 언제 쉴 수 있는 건지. 어떻게 해서든 일을 하지 않으려고 하는 나와는 달리, 너는 어떻게 해서든 일을 하려고 했다.

∞

편의점에 맥주를 사러 갔다가 러브♡콘을 발견했다. 단종된 줄 알았는데 여전히 생산되고 있는 모양이었다. 아니면 다시 생산되기 시작했거나. 러브♡콘은 바닐라 베이스에 딸기잼과 초콜릿칩이 들어 있는, 특별할 거 없는 아이스크림이었지만, 전체 상품에서 단 1%만 하트 모양의 초콜릿칩이 박혀 있어 한때 큰 인기를 끌었다. 사람들은 하트로 자신의 운명을 점치려고 했다. 모두 하트를 찾아 헤맸으며, 하트를 찾기 위해 사재기도 마다하지 않았다. 더군다나 PPL 광고 호응도 좋았는데, 그 당시 시청률 1위였던 드라마 〈차가운 것이 좋아〉에서 주인공이 즐겨 먹던 아이스크림이 바로 러브♡콘이었다. 체온이 오르면 그대로 녹아 버리는 얼음 인간 '설이'가 어느 날 한 인간에게 뜨거운 사랑의 감정을 느끼게 되고, 그렇게 체온이 오를 때마다 0℃ 이하의 체온을 유지하기 위해 아이스크림을 먹는다는, 뭐 그런 이상한 내용의 드라마였다. 아, 그때 존나 힘들었는데. 드라마의 결말은 기억나지 않지만, 드라마의 인기와 더불어 생산량이 폭발적으로 증가해 죽도록 고생했던 기억은 생생하게 남아 있었다. 그 당시 나는 대학에 다니고 있었고, 유럽 여행에 필요한 자금을 모으기 위해 여름 방학을 이용해 아이스크림 공장에서 아르바이트를 했다. 그리고 그곳에서 현진이를 만났다. 우리는 다니는 대학도 사는 동네도 달랐지만, 또래였기 때문에 금세 가까워질 수 있었다. 아니 무슨 아이스크림 공장이 이렇게 더워, 시발. 여름에 시원하게 일하려고 아이스크림 공장에 들어왔더니, 이게 무슨 날벼락. 아, 오늘 김 씨가 나한테 또 지랄함. 어떻게 하는지 가르쳐 주지도 않고 소리만 지르는 거 있지? 그거 김 씨 특징임. 우리는 텃세를 부리는 몇몇 공장 사람들을 함께

욕하면서 더욱 가까워졌고, 그렇게 가까워진 이후에는 공장이 아
닌 곳에서도 종종 만났다.

∞

그때 우리는 둘이서 러브♡콘을 많이 사 먹었다. 이제와 돌이켜
보면, 그때 왜 그렇게 열심히 러브♡콘을 사 먹었는지 모르겠다.
하루 종일 공장에서 러브♡콘을 만들고 또 러브♡콘이라니. 정말
미친 사랑이었다. 그러나 우리는 단 한 번도 하트 모양의 초콜릿
칩을 발견한 적이 없었다. 하루 종일 공장에서 하트만 넣는데, 어
떻게 하트가 한 번도 안 나올 수가 있지. 우리는 우리가 넣은 하트
가 모두 어디로 갔는지 항상 궁금했다. 그때 우리는 러브♡콘을
먹을 때마다, 우리가 먹는 러브♡콘 중에 우리가 만든 러브♡콘이
있을지도 모른다는 이야기를 하곤 했었다.

> ☑ 아이스크림을 만들어 돈을 번다.
> ☑ 그 돈으로 아이스크림을 사 먹는다.
> ☑ 사 먹으면 돈이 사라진다.
> ☑ 돈이 사라지면 다시 아이스크림을 만든다.
> ☑ 아이스크림을 만들어 다시 돈을 번다.
> ☑ 그 돈으로 다시 아이스크림을 사 먹는다.

∞

    사고 싶은 게 많았지만 막상 사려고 하면 이런 것까지 살 필요가 있나 싶었다. 그래서 사지 않은 것들도 있지만, 그럼에도 불구하고 결국 산 것들도 많았다. 베스트셀러 서적, 라면 받침, 다이어트 보조 식품, 착즙기, 라텍스 경추 베개, 잠옷, 아로마 향초 등등. 돌이켜 보면 모두 왜 샀나 싶은 것들이지만, 그것들을 살 때 진심이 아니었던 적은 한 번도 없었다. 나는 날씨가 선선해지면 소설을 읽어 보려고 했다. 햇살이 쏟아지는 주말 오후, 카페에서 커피를 마시며 책을 정독하려고 했다. 책의 마지막 페이지를 펼치는 기쁨을 느끼고 싶었다. 운이 좋다면 책으로부터 공감과 위로를 얻을 수도 있을 거라고 생각했지만, 그것은 결국 라면 받침조차 되지 못했다. 왜냐면 내가 라면 받침을 샀기 때문인데 라면 받침을 왜 샀냐면 사실 그건 나도 잘 모르겠다. 어쨌든 그 라면 받침은 몇 번 사용하지 못한 채 수납장 안에 방치되었는데, 그 이유는 내가 다이어트를 시작하면서부터 라면을 먹지 않게 되었기 때문이다. 나는 다이어트 보조 식품, 그러니까 탄수화물 흡수를 억제하는 데 도움이 되는 가르시니아, 부기를 빼는 데 도움이 되는 호박즙, 쾌변을 돕는 알로에, 근력 향상을 돕는 프로틴 파우더 따위를 구매했고, 그것들을 먹었지만 그것만 먹은 게 아니었기 때문에 살은 조금도 빠지지 않았다. 그것들은 살을 빠지게 해 주는 것이 아니라 살을 빠지게 하는 데 도움을 주는 것들일 뿐이었다. 야식을 먹고자 하는 나의 의지는 그 도움의 손길을 외면할 정도로 강력했으므로, 살이 빠지는 데 도움을 주는 것들은 내가 살을 빼는 데 별 도움이 되지 못했다. 그러나 착즙기는 진짜 제대로 된 도움을 줄 것 같았다. 살을 빼는 것뿐만 아니라, 건강까지 챙겨 줄 것 같았다. 나는 매일 아침 직접 만든 해독 주스를 가방에 넣고 출근하는 현대인의 모습을 그리며 착즙기를 구매했다. 그리고 그런 아침은 내게 영원히 오지 않았다. 내게 주어진 아침은 지각의 그림자가 드리운 어두운 아침이었으며, 지하철역 계단을 두 칸씩 뛰어 올라가는 아침이었다. 그래서 라텍스 경추 베개를 샀다. 쾌적한 수면 환경을 조성해 주면 쾌청한 아침을 맞이할 수 있을 거라고 기대했다. 오래된 솜 베개에는 진드기, 곰팡이, 세균 등이 들끓을 수도 있고, 그것들이 나의 면역 체계를 위협할 수도 있으니까. 그런 생각을 하니 잠옷도 새것으로 바꿀 필요가 있을 것 같았다. 경추 베개와의 시너지 효과를 위한 것이랄까. 뭐, 어쨌든 나는 새 잠옷을 사고 싶었다. 그러나 새 잠옷을 입고 경추 베개를 베고 있어도 넷플릭스를 보느라 잠을 잘 수 없었다. 넷플릭스를 탈퇴해야 했지만, 나는 넷플릭스를 탈퇴하는 대신 아로마 향초를 샀다. 아로마 향초는 생각했던 것보다 훨씬 향이 좋았다. 향초를 켜 놓으면 정신이 맑아지고 마음도 안정되었다. 그렇게 나는 맑은 정신과 안정된 마음 상태로 넷플릭스를 볼 수 있게 되어 더더욱 잠을 잘 수 없었고, 매일 아침 지각을 예감하며 눈을 뜨는 일이 반복되었다.

∞

출근하기 전 아침 운동을 하는 사람, 매일 직장에 도시락을 싸 오는 사람, 출퇴근 시간을 이용해 책을 읽거나 공부를 하는 사람. 그들이야말로 존경받아야 마땅한 사람들이었다. 그들은 이미 자기 자신과의 싸움에서 승리한 자들이며, 빠르고 혼잡한 현대 사회에 적응을 끝마친 자들이었다. 나는 그렇게 사는 일이 얼마나 어려운지를 직장에 다닌 지 한 달도 되지 않아 깨달을 수 있었다. 실천은 했지만 실현할 수 없던 일들. 출근하기 전에 운동을 해 본 적도 있었지만, 괜히 몸만 더 피곤했다. 출근 전에 운동을 한다는 건, 근육이 아니라 빨리 퇴근하고 싶은 마음만 키우는 일이었다. 더군다나 출근 전에 운동을 하면 도시락을 만들 시간이 없었다. 결국 나는 운동을 포기하고 매일 아침 도시락을 만들기 시작했는데, 이상하게도 도시락을 챙겨 간 날에는 짬뽕이나 돈가스가 먹고 싶었다. 직장 앞에는 먹방 유튜버들의 성지가 된 해물 짬뽕 맛집이 있었고, 또 그 옆에는 36년 전통의 수제 돈가스 집이 있었다. 내가 아직도 직장을 그만두지 못한 이유가 있다면 직장 앞에 있는 맛집들 때문일 것이며, 언젠가 직장을 그만두게 되더라도 내가 그리워하게 될 것은 해물 짬뽕과 수제 돈가스뿐이었다. 그러므로 도시락을 싸는 것보나, 언젠가 먹고 싶어도 더 이싱 먹지 못하게 될 해물 짬뽕과 수제 돈가스를 실컷 먹어 두는 게 나을지도 몰랐다. 더군다나 도시락을 만들기 위해 장을 보는 것도 보통 귀찮은 일이 아니었으므로 나는 더 이상 도시락을 싸지 않게 되었다. 그렇게 나는 운동과 도시락 대신 잠을 선택했다. 괜찮은 선택이었다. 출근 전에 무언가에 에너지를 쓰는 건 결코 좋은 일이 아니었다. 그 대신 출퇴근 시간을 이용해 유용하고 생산적인 일을 하면 될 거라고 생각했다. 그래서 출퇴근 시간을 이용해 책을 읽어 보려 했으나 끝까지 읽은 책은 없었다. 그래, 매일이 지각 위기인데 어떻게 출근길에 책을 읽을 수가 있겠어. 더군다나 나는 사당역에서 환승을 해야 했으므로 매일 이 지옥을 견디고 사는 것만으로도 충분하다고 생각했다. 이 인파를 뚫고 지하철에 타는데 여기서 책까지 읽어야 하나. 미쳤나. 에라이, 더러운 세상아. 아무도 내게 책을 읽으라고 강요하지 않았지만 책을 읽을 생각만 해도 갑자기 화가 났다. 퇴근길에는 지각을 걱정하며 마음을 졸이지 않아도 되었지만, 그래서 퇴근길에는 책을 읽을 수도 있었지만, 솔직히 퇴근길에는 퇴근 말고는 아무것도 하고 싶지 않았다. 오직 퇴근에만 충실하고 싶었다. 이런 내 마음을 누가 알아줄지 모르겠으나, 이런 내 마음을 아무도 몰라주더라도 퇴근에만 충실하고 싶은 내 마음은 변하지 않을 것이다.

∞

그렇다고 내가 퇴근길에 퇴근에만 집중했던 것도 아니었다. 언제부턴가 나는 퇴근길에 온라인 스토어를 배회하며 장바구니에 무언가를 끊임없이 담기 시작했다. 지하철에서 시간을 때우는 데 그것만한 일이 또 없었다. 종종 이렇게 시간을 보내는 게 지하철에서 책을 읽거나 공부를 하는 것만큼 생산적인 일이라고 느껴지기도 했다. 이렇게 틈틈이 온라인 스토어 장바구니에 사고 싶은 물건들을 담아 놓으면, 월급이 들어왔을 때 그 돈으로 무얼 살지 고민하는 시간을 줄일 수 있었기 때문이다. 이번 달 월급이 들어오면 일단 생필품을 새로 살 예정이었다. 샴푸와 트리트먼트. 지금까지 쓰던 것 말고, 이번에는 다른 걸로. 이왕이면 미세 플라스틱이 검출되지 않는 제품으로. 어떤 브랜드의 어떤 제품을 사는 게 좋을까. 가격과 판매량, 성분 표시, 평점, 구매 후기. 나는 제품에 대한 정보들을 확인하며 합리적인 판단을 하려 노력했다. 허위 광고가 판치는 세상이니, 사람들의 평이 지나치게 좋은 상품은 더더욱 신중하게 살펴봐야 했다. 나는 점점 더 합리적인 소비자로 거듭나고 있는 것 같았다. 그러나 생필품과 달리, 옷은 합리적인 소비를 하기가 힘들었다. 모델 착용 샷을 보면 사고 싶어졌다. 왜 자꾸 사고 싶어지는지는 알 수가 없었다. 과소비를 막으려면 온라인 스토어에 들어가지 않는 게 가장 좋은 방법이었겠지만, 그걸 알면서도 자꾸만 온라인 스토어에 들어가게 되었다. 그리고 마음에 드는 옷을 골라 장바구니에 담았다. 담고 또 담았다. 내가 이 옷을 사게 될지는 모르겠지만, 일단은 담았다. 일단은 담고 또 담았다. 담고 또 담아도 장바구니는 무거워지지 않았다. 무거워지지 않아서 담고 또 담았다. 담고 또 담아도 되었다. 담고 또 담으면, 온라인 스토어는 내 취향을 파악해 내게 맞는 상품을 추천해 주었다.

∞

∞

물건들은 장바구니 안에서 서서히 잊혀 갔다. 분명 언젠가 내가 사고 싶어 했던, 그래서 반드시 사려고 했던 물건들이었는데. 시간이 조금만 지나도 구매욕이 사라지는 게 참 신기했다. 그런 걸 보면 소비는 참 충동적인 행위였다. '그 순간'만큼은 필요하지 않은 것을 필요하다고 느끼고, 부족하지 않은 것을 부족하다고 느끼는 것. 사실 장바구니에 담긴 물건들은 내게 필요하지 않았다. 반드시 내가 가지고 싶었던 것들도 아니었다. 내가 정말 사고 싶어

했던 게 맞나? 원했던 게 맞나? 종종 그런 의문이 들기도 했지만 그런 걸 진지하게 생각해 봤자 뭐 하나 싶었다. 장바구니에 담긴 물건들은 90일간 보관되다가 이후에는 자동으로 삭제되었다. 그렇지만 이상하게도 내 손으로 직접 장바구니를 비우고 싶진 않았다. 내가 삭제하지 않아도 삭제될 텐데, 뭐. 나는 언제나 물건들이 자동으로 삭제될 때까지 기다렸다. 그렇게 장바구니가 비워지면 나는 또다시 그곳에 물건을 채워 넣을 것이다. 그리고 잊겠지. 사라지겠지. 비워지겠지. 장바구니가 비워지면 나는 또다시 그곳에 물건을 채워 넣을 것이다. 그렇게 장바구니는 아무리 비워지고 비워져도 영원히 비워지지 않을 게 분명했다.

∞

드라마 마지막 회를 끝으로, 우리는 함께 공장을 그만뒀다. 유럽 여행 자금은 끝내 모으지 못했지만 후회하지 않았다. 공장 일을 하며 너무 지친 나머지, 유럽 여행을 갈 마음마저 소진되었기 때문이다. 유럽 여행은 물 건너갔지만 그래도 우리는 공장을 그만두고 얼마 동안, 시간이 맞을 때마다 함께 공연을 보러 가거나 극장에 가거나 미술관에 갔다. 아니, 자주 가려고 노력했다. 어느 순간이 되면 취업 준비니 뭐니 해서 문화생활을 거의 즐기지 못할 것 같다는 생각이 들었기 때문이다. 그리고 예상했던 대로, 취업 준비를 하면서부터는 문화생활을 거의 하지 못했다. 그래도 한때 그렇게 열심히 문화생활을 했으면 뭐라도 남는 게 있어야 할 텐데. 예를 들면, 작품에 대한 지식이나 해석 등등. 그러나 이제 와 돌이켜 보면 그냥 재미있고 좋았다는 느낌 정도만 남아 있을 뿐이었다. 역시 나는 문화나 예술과는 거리가 먼 사람이었다. 그건 아마 너도 마찬가지였을 거다.

∞

　이게 세계에서 가장 비싼 그림 중 하나래. 어떤 사람이 내 옆으로 지나가면서 그렇게 말했고, 나는 그 말을 그대로 기억했다가 너에게 말했다. 이게 세계에서 가장 비싼 그림 중 하나래. 내가 말하니, 너는 네가 그걸 어떻게 알았냐는 표정을 지었다. 지나가는 사람이 그러더라고. 이거 엄청 비싼 그림이래. 너는 어처구니없다는 듯 웃더니, 그림 쪽으로 고개를 돌리며 나지막이 말했다. 알 게 뭐야. 어차피 우리가 살 수 있는 것도 아닌데. 네 말이 맞았다. 맞아, 알 게 뭐야. 우리는 우리가 살 수 없는 것들을 바라보았다. 살 수 없어서 바라만 보았다. 그렇지만 그렇게 바라보는 것만으로도 마음이 편해지거나 기분이 좋아질 때가 있었는데, 어쩌면 그게 예술 작품이 가진 힘인지도 몰랐다.

∞

언젠가 우리는 점심을 먹고 미술관에 갔다가 거의 잠들 뻔했다. 하품을 하다가 서로 눈이 마주쳤고, 그대로 웃음이 터지는 바람에 우리는 급히 미술관을 나와야만 했다. 그때 너는 미술관을 나오며 갑자기 내게 말했다. 내 친구 중에 소설 쓰는 애 있거든? 작가야? 아니, 학생. 아, 문창과야? 아니, 그냥 혼자 쓰는 애야. 나는 네가 갑자기 네 친구 이야기를 꺼낸 이유를 알 수 없었지만, 일단은 네가 하는 말을 들었다. 그런데 걔가 아는 게 많아. 쓸데없는 것들? 예술사나 사조 이런 거 있잖아. 걔네 집이 좀 괜찮게 살거든. 아, 아니다. 그건 별로 중요한 게 아니고, 어쨌든 다음에 걔도 부를까? 나는 얼떨결에 그러자고 답했다. 너는 내게 자기 친구를 소개시켜 주고 싶다고 했는데, 그 친구가 바로 문호였다.

∞

그런데 문호의 이름이 뭐였더라. 문호의 이름은 문호가 아니었는데, 나는 이 사실을 자주 까먹었다. 대문호. 줄여서 문호. 문호는 그냥 별명이었다. 문호는 한때 소설을 열심히 썼는데, 소설이나 열심히 쓰면 되었을 것을 소설을 쓴다면서 소설은 안 쓰고 온갖 꼴값을 다 떨고 다녔기 때문에 우리는 언제부턴가 그를 대문호라고 부르기 시작했다. 이야, 저기 대문호 오신다. 대문호라서 오늘도 늦었어. 원래 스타는 제일 늦게 오는 법이야, 알지? 역시 대문호의 발걸음은 남달라. 역시 우리 문호. 우리 문호. 그렇게 대문호는 자연스럽게 문호가 되었다. 문호도 그렇게 불리는 것을 은근히 좋아하는 것 같았는데, 그게 바로 우리가 말하는 꼴값이었다. 그런데 너 소설은 안 써? 문호가 소설은 안 쓰고 맨날 놀기만 하는 것 같아서 내가 놀리듯 물으면 문호는 언제나 태연하게 답했다. 쓰고 있는 거야. 앉아서 쓰기만 한다고 소설이 아니야. 보고 느끼고 사유하는 시간이 있어야지. 나는 문호가 그렇게 말할 때마다 온몸에 소름이 돋았다. 내가 보기에 너는 그냥 놀기만 하는 것 같은데? 그럼 어쩔 수 없지, 뭐. 네가 생각하고 싶은 대로 생각해. 문호의 말에 따르면 자기는 이제 백수 한량 취급 받는 데 익숙해져서 괜찮다고 했다. 나는 그렇게 말하는 것도 꼴값이라고 생각했다. 네 눈에는 내가 노는 것처럼 보여도 노는 것만은 아니라구. 나는 그런 네가 놀고 앉아 있다고 생각했다. 하지만 그렇다고 문호가 싫었던 건 아니었다. 문호는 뭐랄까. 늘 예술뽕에 취해 있었지만 그렇다고 나쁜 애는 아니었으니까. 현진이의 말처럼 정말로 문호는 쓸데없는 것들을 많이 알고 있기도 했고, 나쁜 짓을 일삼고 다니는 애도 아니었다.

∞

특별히 나를 힘들게 하는 사람이 있었던 건 아니었다. 오히려 나는 직장 동료들과 그럭저럭 좋은 관계를 유지하는 편이었는데, 어쩌면 그게 문제라면 문제였다. 나는 그들과 함께 점심을 먹었고, 주중에 한두 번씩은 퇴근 후에 술자리를 가졌다. 기름지고 맛있는 안주에 맥주를 몇 잔 마시는 정도. 그 누구도 과음하지 않았고, 아무리 늦어도 10시 전에는 지하철역에서 서로 웃으며 헤어졌다. 다들 직장 다니면서 사람 때문에 스트레스를 받는다고 하는데 나는 사람 때문에 스트레스 받을 일이 없었다. 그러나 언제부턴가 나는 그 시간들이 점점 아깝게 느껴지기 시작했다. 점심시간에 다 같이 밥을 먹지 않으면 그 시간을 조금 더 생산적으로 쓸 수 있지 않을까. 퇴근 후에 모여서 술을 마시지 않으면 그 시간을 조금 더 생산적으로 쓸 수 있지 않을까. 매일 똑같은 사람들을 만나니, 늘 비슷비슷한 이야기만 나누게 되는 것 같았다. 그 시기에 유행하는 것들, 넷플릭스 드라마, 연애와 결혼, 내 집 마련과 주식. 그런 얘기 말고, 조금 더 내게 도움이 될 만한 이야기는 없을까. 지식과 지혜를 얻고 교양을 쌓을 수 있는 그런 이야기들 말이다. 그러나 나는 그렇게 생각하면서도 계속 그렇게 생각하기만 할 뿐이었다. 그냥 말하면 될 텐데. 오늘은 따로 밥을 먹겠다고 말하면 될 텐데, 집에 가겠다고 말하면 될 텐데, 해야 할 일이 있다고 말하면 될 텐데, 그렇게 말해도 나를 붙잡거나 내게 화를 낼 사람은 아무도 없는데, 그럼에도 나는 그들에게 아무런 말도 하지 못했다. 아니, 아무런 말도 하지 않았다. 나도 그들과 그렇게 시간을 보내는 게 은근히 좋았기 때문이다. 사실 그들이 좋았기 때문이다. 그러니까 다시 말해, 나에게는 절대로 합의에 이를 수 없는 양가감정이 있었다. 동료들과 함께 시간을 보내고 싶은 마음과 그 시간을 조금 더 효율적으로 사용하고 싶은 마음. 둘 다 가능하다면 좋겠지만 그럴 수 없었기에 그들과 함께 시간을 보내고 싶지 않다고 생각하면서도 자꾸만 그들과 함께 시간을 보내고 있었다.

∞

너는 오늘도 일을 하고 있을 것이다. 나는 오늘 일을 하지 않았는데 일을 하지 않는다고 딱히 할 일이 있었던 것도 아니었다. 오늘은 일을 하지 않는 날이었으니 일을 하지 않으면 되었지만, 아무것도 하지 않으면 되었지만, 이상하게도 자꾸만 뭐라도 해야 한다는 생각이 들었다. 쉬는 날을 어떻게 해서든 의미 있고 특별하게 보내고 싶다고 생각했다. 그러자 매일매일 쉬는 문호가, 그러니까 인생이 휴가 그 자체인 문호가 떠올랐다. 문호야말로 매일매일 의미 있고 특별한 하루를 보내고 있었으니까. 나는 문호가 생각난 김에 문호에게 연락을 해 볼까 했으나, 불과 며칠 전 문호를 만났던 일을 떠올리고는 연락을 하지 않기로 했다. 그 대신 문호의 블로그에 들어가 보았다. 문호는 지난 7년째 블로그를 운영하고 있었다. 원래 일상을 기록해 두기 위해 블로그를 시작했는데 무슨 이유에서인지 문호의 일상을 지켜보는 이웃들이 늘어났다고 했다. 블로그 이웃이 꽤 늘어난 이후 문호는 조금 더 책임감을 가지고 게시물을 올리게 되었고, 언제부턴가는 매일 게시물을 올려야 한다는 의무감까지 생겼다고 했다.

책 / 영화 / 음악 / 전시 / 공연 / 일기 / 상품 구매 후기

예전에 들어왔을 때보다, 카테고리도 훨씬 체계적으로 분류되어 있었다. 게시물도 카테고리별로 정리가 잘 되어 있었는데, 깔끔하게 정리된 블로그를 보니 문호가 조금 다르게 느껴졌다. 그냥 평범한 백수 한량은 아닌 것 같았다. 나는 문호가 올린 게시물들을 차근차근 살펴보았다.

∞

문호는 엊그제 '움직이는 사물들: 세잔 展'에 다녀온 모양이었다. 블로그에 올라온 사진을 보니, 프로젝션 매핑 기술을 활용한 미디어 아트 전시였다. 문호는 사진 아래 감상을 자세히 남겨 두었고, 나는 그 글을 꼼꼼하게 읽어 보았다. 글은 세잔의 작품이 다른 인상파 화가들의 작품들과 구분되는 지점에 대해 이야기하는 것으로 시작해, 세잔이 정물화를 통해 다룬 시간성과 그 시간성을 현대적으로 구현한 프로젝션 매핑 기술에 대한 이야기로 나아갔다. 더불어 열 살 때 부모님 손을 잡고 오르세 미술관에서 세잔의 그림을 처음 봤던 순간의 기억까지. 아, 그런데 문호가 글을 정말 잘 쓰는구나. 아, 맞다. 얘 원래 소설을 쓰고 싶어 했지. 문호가 블로그에 남긴 글은 소설이 아니었지만, 나는 소설을 읽은 것처럼 감동받았

다. 물론 소설을 읽지 않아서 소설을 읽고 감동받아 본 적은 없었지만 말이다. 어쨌든 내가 소설을 읽고 감동을 받는다면 이런 느낌일 것 같았다. 나는 문호에게 연락을 하고 싶었지만 그렇게까지 하지는 않았다.

∞

전시에 대한 관심이 생겨, 나는 다른 블로그와 인스타그램을 통해 전시에 다녀온 후기를 조금 더 찾아보았다. 세잔의 그림을 미디어 아트로 체험할 수 있어서 좋았다는 의견과 명화를 직접 볼 수 없어서 아쉬웠다는 의견이 반반이었다. 그래도 명화가 전시된 게 아니다 보니, 미술관 안에서 자유롭게 촬영을 할 수 있도록 해 준 것 같았다. 사진뿐만 아니라 동영상까지도. 그렇게 촬영된 사진과 동영상은 그 자체로 홍보 효과가 있었다. 신기하다, 재미있을 것 같다, 꼭 가 보고 싶다, 저도 얼마 전에 여기 다녀왔는데 즐거웠다, 여기서 사진 찍으면 인생 샷 건질 수 있음 등등. 사진과 동영상 게시물에 달린 댓글을 보다 보니, 나도 한 번쯤 가 보고 싶다는 생각이 들었다.

∞

전시장 천장에는 수백 대의 빔 프로젝터가 설치되어 있었다. 사방에서 뿜어져 나오는 빛이 미술관 흰 벽에 투사되었다. 세잔의 그림 속 정물은 디지털 빛 속에서 시시각각 변하고 있었다. 사과, 오렌지, 포도와 같은 과일들. 그것들은 마치 타임 랩스로 촬영한 영상처럼 내 눈앞에서 서서히 변하고 있었다. 문호는 이 전시를 보고 열 살 때 오르세 미술관에서 세잔의 그림을 봤던 기억, 한 장의 사진처럼 멈춰 있었던 그 기억이 프로젝션 매핑 기술에 의해 되살아난 것만 같았다고 썼다. 내게는 열 살 때 오르세 미술관에 가본 기억이 없었기 때문에 그게 무슨 느낌인지 정확히 알 수 없었으나, 나도 이 전시를 보니 떠오르는 기억이 하나 있었다. 아이쇼핑. 그 말을 배운 뒤로, 나는 혼자 대형 마트에 다니기 시작했다. 아마 아홉 살에서 열 살쯤 되었을 것이다. 나는 그곳에서 시간을 보내는 걸 좋아했다. 그곳에는 시계조차 없어서, 그곳에 있다 보면 시간 가는 줄도 모르게 하루를 흘려보낼 수 있었다. 살 수 없는 것들과 사지 않을 것들. 새로운 상품들이 들어와 진열대의 모습은 매일 조금씩 달라졌다. 그중에서도 내가 제일 좋아했던 곳은 과일 코너였는데, 그곳에서는 언제나 신선하고 달콤한 냄새가 났다. 사과, 오렌지, 포도와 같은 과일들. 나는 미술관에서 작품을 보듯, 깔끔하게 진열된 과일을 구경했다.

∞

그때의 기억 때문일까. 정확한 이유는 잘 모르겠지만, 나는 마트에서 장을 보는 꿈을 유난히 많이 꿨다. 성인이 된 지금까지도. 그러나 어린 시절의 기억과는 달리 마트를 구경하는 꿈은 내게 그리 좋은 인상을 주는 꿈이 아니었다. 나는 그 꿈을 꿀 때마다 항상 피곤했는데, 그도 그럴 것이 매번 마트에 진열된 상품들을 너무도 신중하게 골라야 했기 때문이었다. 그러니까 유통 기한, 성분 표시, 원산지, 가격 등을 꼼꼼하게 살폈는데, 너무 꼼꼼하게 살펴본 나머지 머리가 아파 오기도 했다. 실제로 그 꿈을 꾼 날에는 아침부터 두통을 앓았다. 그러나 정작 꿈속에서 무언가를 산 적은 단 한 번도 없었다. 나는 그저 구경만 했을 뿐, 아무것도 사지 않았다. 아니, 사지 못했다. 왜냐면 마음에 드는 게 없었기 때문이다. 딱히 사고 싶은 게 없었지만, 그럼에도 계속 상품을 꼼꼼하게 살펴보며 무언가 사야 한다는 강박에 시달렸다. 무언가 사기 전에는 절대로 이 세계를 벗어날 수 없을 것 같았다. 아니, 무언가 사더라도 마찬가지였을 것이다. 나는 상품으로 둘러싸인 이 세계를 영원히 벗어날 수 없었다. 출구가 없었다. 아무리 찾아도 출구가 없었다. 나는 꿈에서 깨어야만 겨우 그 세계를 벗어날 수 있었다. 오랫동안 반복되는 꿈 때문에 인터넷으로 꿈 해몽을 찾아보기도 했는데, '마트에서 장을 보는 꿈'은 애인이 생길 징조라고 했다. 그렇게 나는 꿈 해몽에 대한 신뢰를 완전히 잃고 그냥 심리몽이겠거니 했다. 무언가 선택해야 하지만 선택하지 못하고 자꾸만 망설이게 되는, 그 불안한 감정이 이런 방식으로 나타난 거라고. 또는 돈 낭비를 할까 봐 두려웠던 거라고.

∞

환상적이었다. 세잔의 그림뿐만 아니라, 그림을 구경하는 사람들까지도. 빔 프로젝터에서 뿜어져 나오는 빛은 사람들 살갗 위에도 닿았는데, 그래서인지 사람들이 작품의 일부처럼 보였다. 전시를 보는 사람들의 얼굴과 몸통 위로 세잔의 그림이 흔들거리고, 그들은 마치 컴퓨터 그래픽으로 만들어진 캐릭터처럼, 가상 현실을 살아가는 캐릭터처럼 빛 속에서 이리저리 움직이고 있었다. 그건 나 또한 마찬가지였는데, 때마침 흰 셔츠를 입고 있어 더욱 더 그랬다. 빛은 내 흰 셔츠에 닿았다. 빛은 내 흰 셔츠 위에 새겨졌다. 그 모습을 보니 온몸이 점점 가벼워지는 것 같았다. 피와 뼈, 내 무게는 사라지고. 마치 내 몸이 디지털 픽셀로 이뤄진 것처럼 느껴지고. 그렇게 나는 작품을 이루는 구성 요소가 되어 빛 속을 이리저리 움직이고. 잠시 현실을 잃어버렸다. 문호가 쓴 블로그 글에 따르면, 프로젝션 매핑 기술을 활용한 미디어 아트 전시는 명화를 직접 들여오는 것보다 훨씬 경제적이라고 했다. 명화를 국내로 들여올 때 발생하는 비용이나 관리비를 줄일 수 있어서 훨씬 효율적이라고 했다. 경제적이고 효율적인 전시에서 나는 사라지고, 현실을 잃어버리고. 보는 동시에 보여지는 대상이 되고. 그곳에서는 모든 게 흥미로운 구경거리가 되었다.

∞

미술관 출구를 나오자, 진행 요원이 내게 말을 걸었다. 방문 후기를 남기면 굿즈를 받을 수 있다고 했다. 세잔의 정물화가 그려진 엽서였다. 나는 엽서를 가지고 싶기도 했고, 후기를 남기는 게 그리 어려운 일은 아닌 것 같아서 하기로 했다. 포털 사이트 검색창에 폴 세잔을 검색하면 바로 전시 정보가 나왔다. 전시 정보 하단 '리뷰 참여'를 누르고 영수증 인증 후 리뷰를 작성하면 되었다. 미술관 출구에는 나처럼 굿즈를 받기 위해 휴대폰으로 후기를 작성하는 사람들이 모여 있었고, 나도 그 사이에 서서 후기를 쓰기 시작했다. 바로 별점을 매기고 간단한 코멘트를 덧붙이려고 하는데, 막상 전시에 대한 코멘트를 남기려니 진부한 말밖에 떠오르지 않았다. 문호라면 뭐라고 썼을까. 문호라면 멋진 말을 단숨에 떠올릴 수 있었을 것이다. 그러나 나는 문호가 아니라서 멋진 말을 떠올릴 수 없었다. 더 오래 고민해 봤자 더 좋은 말이 나올 것 같지도 않았고, 전시 후기를 쓰는 일에 필요 이상의 에너지를 쏟고 싶지 않아 그냥 대충 떠오르는 대로 부담 없이 적었다. **저는 혼자 왔는데 재미있었어요. 다음에 친구랑 또 오고 싶어요. 좋아요.** 다음에는 너랑 같이 오면 좋을 것 같다고 생각하는 찰나, 지금 이 시간에도 일을 하고 있을 네가 떠올랐다. 너는 사람들이 무엇을 좋아하고 무엇을 원하는지, 일단 그것부터 파악하는 일을 하고 있다고 했다. 너는 지금 서울시 어딘가 위치한 사무실에서 쉴 틈 없이 웹 서핑을 하며, 사람들의 후기나 별점을 모아 데이터를 만들고 있을 것이다. 너는 내가 남긴 후기도 보게 될까. 너는 내가 남긴 후기를 수집하게 될까. 그런 생각을 하니, 지금 이 시간에도 너와 함께 일하고 있는 듯한 느낌이 들었다. 그러니까 네가 예전에 했던 설문 조사 아르바이트 같은 거. 내가 자료를 제공하고, 네가 그 자료를 수집하고. 마치 우리가 공장에서 함께 일할 때처럼, 다시 손발을 맞추고 있는 것만 같은 그런 느낌이랄까. 어? 다 하셨네요. 감사합니다. 진행 요원이 내게 굿즈를 건넸다. 나는 아무것도 만들지 않았지만 내 손에는 엽서가 들어와 있었다.

∞

저녁이 다 되어서야 집으로 돌아왔다. 몸이 피곤해서 그런가. 아침 일찍 출근했다 퇴근한 것 같았다. 의미 있고 특별하게 보내고 싶었는데, 휴일은 그렇게 끝나 버렸다. 문 앞에는 택배가 쌓여 있었다. 두유와 과일, 반찬, 두 권의 책, 샴푸와 트리트먼트. 그리고 또 뭐였더라. 무엇을 주문했는지조차 기억나지 않았다. 이제는 택배를 기다리는 설렘조차 느낄 수 없었다. 아니, 택배를 기다릴 수조차 없었다. 택배는 기다릴 틈조차 없이 언제나 문 앞에 도착해 있었으니까. 이렇게 계속 택배를 시키는 한 나는 절대로 미니멀리스트가 될 수 없을 것이다. 나는 택배 박스들을 집 안으로 옮겼고, 박스를 하나하나 뜯고 정리하는 게 귀찮아 일단은 그대로 두기로 했다. 그리고 나는 방바닥에 그대로 누웠다. 아, 오늘 왜 이렇게 피곤하지. 원래 만성 피로가 있긴 했지만 이렇게까지 피곤한 건 정말 오랜만인 것 같아 나는 적지 않게 놀라면서, 옛 기억을 떠올렸다. 그러니까 너와 아이스크림 공장에서 아르바이트를 하던 때. 그때는 일 끝나고 집에 오면 항상 방바닥에 누워 있었다. 아, 씻어야지. 씻어야지. 씻고 자야지, 그런 생각을 하면서. 그때로 되돌아간 것 같다는 생각을 하는 찰나, 며칠 전에 러브♡콘을 사다 놓은 게 생각났다. 그것은 아직 우리 집 냉동고 안에 남아 있었다. 이번에 산 러브♡콘에는 하트가 있을까. 별로 기대는 되지 않았다. 그때 우리는 하루 종일 아이스크림 기계에 하트 모양의 초콜릿칩을 부었다. 한두 개씩이 아니라, 한 바가지씩 넣었다. 그런데 그 많은 하트는 도대체 어디로 간 걸까. 도대체 누구에게로 간 걸까. 그때 우리가 만든 것들은 우리에게 끝내 돌아오지 않았다. 그렇게 한 시절이 지나고. 하루가 지나가고. 나는 오늘따라 유난히 피곤하다고 느끼면서, 내일 또 출근이니 오늘은 일찍 자야겠다고 생각했다.

∞

다시 클릭하면

□ 장바구니에 넣지 않는다.

□ 아무것도 사지 않는다.

□ 일하지 않는다.

김혜지

2019년 매일신문 신춘문예에 단편 소설「꽃」이 당선되며 작품 활동을 시작했다.
소설집『대가 없는 일』등을 썼다. 현진건문학상을 수상했다.

지아
튜브 _____ 05

희진 언니에게

　언니, 지아야. 언니가 인터넷에 올린 글을 보고 편지 써. '유명 키즈 유튜브 채널, 지아튜브의 진실을 고발합니다.'라는 글 말이야. 그거 때문에 지금 얼마나 난리가 났는지 언닌 모를 거야. 선생님도 우리 반 친구들도 날 보는 눈빛이 달라졌어. 며칠 전엔 방송국에서 나온 아저씨들이 우리 집으로 찾아오기도 했고. 아빠가 기자 아저씨한테 "불만 품고 나간 새끼 작가가 악의적으로 쓴 겁니다."라고 말했는데, 그 말은 뉴스에 나오지 않더라. 걱정을 끼쳐 죄송하다며 아빠가 고개 숙이는 장면만 나왔지. 나중에 엄마한테 '악의적'이 무슨 말이냐고 물어봤는데 엄만 알려 주지 않았어. 그래서 핸드폰으로 찾아봤지. '남을 해치려 하거나 미워하는 악한 마음을 가진'이란 뜻이래. 아빠 말이 맞아. 언닌 거짓말쟁이에 배신자니까.

　그동안 언니가 착한 사람인 줄 알았던 게 너무 억울해. 언니랑 처음부터 친하게 지낸 것도. 작년 가을, 내 아홉 살 생일 파티 장면을 찍던 날, 스튜디오에서 언닐 처음 소개받았을 때부터 말이야. "유명한 영화과 나온 언니야. 우리 지아도 나중에 커서 언니처럼 좋은 대학 가자." 아빠가 그렇게 말하니까 언니는 입꼬리를 올려 웃으며 살짝 입술을 깨물었지. 그 순간 알았어. 언니랑 난 친해지겠구나. 왜냐하면 그건, 뭔가 곤란하거나 참아야 할 때 나도 가끔 몰래 짓는 표정이었거든.

　정말 우린 금방 친해졌잖아. 지아튜브가 지아 브이로그, 지아 토이 리뷰, 지아 에듀 스쿨 채널을 새로 만들면서 찍을 게 많아져 매일 봤으니 당연한 거였나. 아, 물론 선생님이 물어보거나 인터뷰할 땐 아빠랑 약속한 대로 "촬영은 주말에만 해요."라고 했지만. 학교 끝나고 바로 스튜디오에 가면 거기 항상 언니가 있었어. 스튜디오 촬영 말고도 우린 여기저기 참 많이 붙어 다녔는데. 부산에서 열린 키즈 크리에이터 페스티벌 행사장이랑 지아 키즈 카페 오픈 기념 팬 미팅도 같이 가고. 아, 협찬받아 간 제주도 호텔 여행도 함께 갔지.

　협찬이란 말이 무슨 뜻인지 처음 알려 준 사람도 언니였어. 그 협찬 제품들을 소개하는 대사를 쓰는 게 언니 일이었고. 레고 장난감, 캔디걸 메이크업 박스, 매직큐브 퍼즐, 퐁당 슬라임, 짜장 라면, 콘푸로스트, 공기 청정기, 키즈 매트리스……. 물건이 오면 언니는 항상 나랑 아빠보다 먼저 써 보고 대사를 썼어. 언니가 쓴 시나리오를 보여 주면 아빠는 말했지. "자연스럽게, 더 자연스럽게 써 봐. 지아파파 대사는 확 웃기게 좀 고치고."

그래, 지아파파. 뽀글거리는 가발을 쓰고 카메라 앞에 서는 순간, 아빠는 지아파파로 변신하잖아. 그럼 말투도 행동도 평소랑 완전 달라지지. 갑자기 아이처럼 변해선 볼을 씰룩거리며 와하하하 웃고, 걸을 때도 엉덩이를 뒤뚱거리고. 언니한테 말한 적 있나? 한번은 어떤 사인회 행사장에서 쪼그만 남자애가 아빠한테 바보라고 외치고 도망가서 화가 났던 거. 난 그 애를 쫓아가 소리쳐 주고 싶었어. 우리 아빠 바보 아니야. 아빠는 연기를 하고 있는 거라고, 이 바보야!

이번 일 터지고 사람들이 가장 많이 물어본 것도 그거였어. 지아 너, 그거 다 연기였니? 담임 선생님도 상담 센터 선생님도 똑같은 걸 계속 물어. 외국 키즈 유튜브 영상 보여 주면서 그대로 따라 하라고 했을 때, 기분이 어땠니? 친구 필통 훔치는 장면 찍을 땐 무슨 생각이 들었어? 10분 안에 치킨 버거 네 개 먹기 먹방은 누가 찍자고 했어? 그럼 난 대답해. 그냥 논 거예요, 카메라 앞에서. 그럼 어른들은 또 물어. 정말 논 거 맞아? 시켜서 한 거 아니고? 그쯤 되면 좀 화가 나. 역시 아빠 말이 맞구나 싶어서. 사람들은 아빠랑 지아가 놀면서 돈 버는 게 배 아픈 거야. 우리가 유명해지고 부자가 된 게, 차가 바뀌고 집이 바뀐 게 부러워서 더는 못하게 하려고.

그렇지만 언니도 알잖아, 난 그냥 아빠랑 노는 게 좋아서 내가 제일 잘하는 걸 했을 뿐인걸. 지아가 연기를 잘하면 아빠가 좋아하니까, 조회 수랑 구독자 수가 쑥쑥 올라가고 그럼 엄마까지 신이 나니까. 세상에서 지아가 제일 사랑하는 사람도, 지아를 제일 사랑하는 사람도 엄마 아빠니까. 그래서 아빠는 지아랑 시간을 더 많이 보내려고 회사도 그만뒀잖아. 그러다 지아튜브 회사를 차린 거고. 근데도 다들 자꾸만 이상한 소리들을 해.

물론 나도 가끔은 힘든 날도 있었지. 내가 지아파파 가발을 숨겨서 촬영이 중간에 끊겼던 그날처럼. 언니는 스튜디오 대기실 소파 밑에서 가발을 발견하곤 나한테 와서 조용히 물었어. "지아야, 찍기 싫어?" 내가 대답을 안 하니까 양손으로 내 볼을 감싸고 내 눈을 들여다보며 또박또박 말했지. "그럼 안 찍어도 돼."

언니, 솔직히 그때 나 좀 놀랐어. 그렇게 말한 사람은 아무도 없었거든. 지아야, 잘한다. 지아야, 예쁘다. 역시 지아는 끼가 넘쳐. 지아야, 한 번만 더 찍자, 딱 한 번만 더. 다들 그렇게만 말했으니까. 그래서 카메라 앞에 서면 잘해서 빨리 끝내야 한단 생각밖에 없었어. 그래야 아빠랑 엄마랑 카메라 삼촌들이랑 피디 이모랑 작가 언니들 다 집에 갈 수 있잖아.

그날 밤 침대에 나란히 누워 있다 아빠가 물었어. "지아야, 왜 가발을 숨겼어?" 내가 대답을 안 하니까 아빠 슬픈 눈으로 날 보며 말했어. "지아는 아빠랑 엄마랑 같이 안 살고 싶어?" 난 깜짝 놀라 얼른 고개를 저었어. 언닌 모르지? 내가 여섯 살 때 엄마 아빠랑 떨어져 산 적이 있단 거. 할머니 집에서 보낸 반년이 얼마나 끔찍

했는지 언닌 상상도 못 할 거야. 다시 할머니 집에 가게 될까 봐 심장이 마구 뛰었어. "잘못했어요, 아빠. 정말 잘못했어요……." 내가 울음을 터뜨리니까 아빠는 한참 동안 내 머리를 쓰다듬어 주다가 이마에 입 맞춰 줬어. 그리고 그날 밤 우린 약속했지. 더 노력해서 내년엔 꼭 구독자 천만을 넘겨 다이아 버튼을 받자고.

그래서 다음 날부터 난 다시 열심히 촬영했잖아. 아빠랑 한 약속을 지키려고. 똑같은 표정을 스무 번 시켜도 짜증 한번 안 내고, 더는 그만 찍고 싶다고 울지도 않고. 대신 카메라에서 빨간 불이 꺼지면 곧장 대기실로 가 혼자 쉬었어. 그럼 언닌 꼭 슬그머니 따라왔지. 누가 시킨 것도 아닌데, 항상 손에 뭔가를 들고. 귤을 가져와 까 준 날도 있었고, 동화책을 들고 와 읽어 준 날도 있었고, 어떤 날은 대기실 한편에 물고기가 담긴 작은 어항을 내려놓기도 했어. 그리고 말을 걸었지. 지아야, 오늘 학교에선 별일 없었어? 지아야, 언니가 재밌는 거 보여 줄까? 지아야, 요즘엔 왜 잘 안 웃어?

그날, 언니가 인터넷에 올린 사건이 벌어진 날도 그랬어. 지아튜브 3년 특집으로 '엄마랑 악플 읽기' 영상을 찍고 잠깐 쉬는데 언니가 대기실로 왔어. 그날만큼은 빈손이었지. 언니는 아무 말 않고 서서 가만히 내 표정을 살폈어. 갑자기 기분이 확 나쁘더라. 언니가 뭘 생각하고 있는지 알 것 같아서. 조금 전 카메라 앞에서 엄마가 내게 읽어 줬던 악플들 말이야. '애 입술에 뭘 저렇게 처발랐냐.', '공부나 해라.', '슬라임 개같이 못 만드네.', '구독 좋아요 꾹꾹 눌러 주세요~, 이거 할 때마다 존나 패 주고 싶음.', '애새끼 먹방 찍을 거면 젓가락질이나 가르쳐.' 악플을 듣는 내내 내가 입꼬리를 올려 웃으며 입술을 살짝 깨물고 있었던 걸 언닌 다 알고 있는 것만 같았어.

그때 대기실 문이 열리고 피디 이모가 날 찾았지. "지아야, 쿠키 만들러 가자." 촬영이 시작되고 내가 커다란 볼에 밀가루, 계란, 버터, 소금을 넣고 거품기로 젓는 동안 언닌 스튜디오 한구석에서 계속 날 지켜봤어. 그만 좀 쳐다봐. 거품기를 세게 휘저으며 난 속으로 말했지. 그만, 그만, 그만 좀.

언니. 언니가 올린 글 때문에 요새 언니 생각을 참 많이 해. 어젠 엄마 아빠가 하는 얘길 듣다 언니가 했던 웃긴 질문도 떠올랐어. "지아야, 넌 꿈이 뭐야?" 카메라가 준비되길 기다리며 놀이터 벤치에 앉아 있는데 언니가 물었잖아. "언니, 우리 반 애들 유튜버 되고 싶어서 학원도 다녀. 다 날 부러워해." 내가 깔깔 웃으며 답하니까 언닌 갑자기 어두워진 얼굴로 말했어. "지아야, 넌 아직 어려. 네가 뭘 하고 싶은지, 뭘 하고 있는지 모를 수도 있어."라고.

아니야, 언니. 정작 자기가 뭘 하는지도 모르는 사람은 언니지. 어젯밤 식탁에서 언니 얘기가 나오니까 엄마가 혀를 차며 아빠를 혼내더라. "당신, 왜 그런 애를 뽑았어? 제가 뭐 하러 온지도 모르는 애를."이라고.

언니, 이젠 내가 물어볼 차례야. 왜 그랬어? 비밀을 지켜 준다더니 왜 그날 일을 인터넷에 올렸어? 그것도 거짓말까지 하면서? 왜 '원치 않는 촬영으로 인한 스트레스 때문에 지아는 구피 인형을

망가뜨리는 이상 행동까지 보였습니다.'라고 쓴 거야? 언닌 정말 이상한 거짓말쟁이야. 구피는…….

구피는, 인형이 아니라 물고기잖아. 오븐 속 쿠키가 구워질 동안 대기실 어항 앞에 서 있던 나한테서 언니가 뺏어 갔잖아. 내가 쿠키 만들다 챙겨 온 소금 통을. 구피 물고기들이 헤엄치는 어항에다 뿌리고 있던 소금 통을. 왜 그랬냐고 언니가 자꾸 물어서 난 대답할 수밖에 없었어. "기분 나빠서." 그랬더니 언닌 갑자기 눈가가 붉어져서 말했어. "아까 그 나쁜 말들 때문에 그러는구나……." 난 고개를 젓고 어항 속 구피 물고기들의 눈을 가리키며 말했지. "아니, 기분 나쁘게 자꾸 쳐다보잖아. 그만 좀 보라니까!"

언니, 생각하면 생각할수록 언닌 정말 배신자야. 그날 날 끌어안고 떨리는 목소리로 말해 놓고선. 지아야, 언니가 도와줄게, 언니가 도와줄게, 라고 여러 번 말해 놓고선. 그러더니 이상한 글을 올려서 지아튜브를 욕 먹였어. 언니 때문에 우린 이제 촬영도 못하잖아. 그래서 엄마 아빠가 지아튜브를 찍기 전으로 돌아가 버렸잖아. 아빠는 이제 나랑 놀아 주지 않고, 엄마는 하루 종일 인상 쓰고 화만 낸다고. 이제 아무도 나한테 착하다고 머리를 쓰다듬어 주거나 예쁘다고 뽀뽀해 주지 않는단 말이야. 언니가 뭔데, 언니가 뭔데 이렇게 다 망쳐 놔?

언니. 언니 덕분에 나 이번에 똑똑히 알았어. 내가 정말 뭘 하고 싶은지. 이제 언니가 진짜 날 도와줄 수 있는 방법을 알려 줄게. 언니가 거짓말로 쓴 글. 그 글을 내려 줘. 지아가 다시 지아파파랑 놀

수 있게, 엄마 아빠가 다시 지아를 사랑하게. 제발 부탁이야. 돌려
줘, 지아튜브를.

임현석

2022년 조선일보 신춘문예에 단편 소설 「무료나눔 대화법」이 당선되며 작품 활동을 시작했다. 소설집 『두 번째 원고』(공저) 등을 썼다.

무료나눔
대화법 _____ 06

빨간색 원형 테이블보를 걷어 내자 갈색 원목 상판이 드러났다. 손으로 가운데 옹이 무늬에서 굴곡진 주변부, 용접식 철재 프레임으로 제작된 차가운 다리를 쓸었다. 모든 이음새가 단단하게 붙어 있고 균형도 완벽하게 맞아떨어져 마치 거실에 뿌리를 두고 내린 또 다른 형태의 나무처럼 느껴졌다. 상판 가장자리는 실제 나무처럼 자연스러운 곡률을 따라 모양이 잡혀 있었다. 아내가 11년 전 장인을 통해 주문 제작한 물건이었다. 나는 최근 들어서야 아름다움을 감별하는 아내의 눈이 얼마나 특별했는지 깨닫고 있었다. 반면 다른 사람들은 내가 찍은 사진을 보자마자 알아차렸다.

중고 거래하는 스마트폰 애플리케이션(앱)에 '무료나눔'이라고 올리자마자 반나절 만에 열세 명이 연락처를 남겼다. 알림 탓에 소파 위에 올려 둔 스마트폰 화면이 수시로 밝아졌다. 그건 며칠 전 아내가 알려 준 앱이었고, 게시판에 글을 올린 건 처음이었다.

그렇게 빨리 사람들이 몰린다는 걸 몰랐다. 전화가 울렸다. 아내였다. 연락 많이 왔을 텐데, 확인하고 있어?

일요일, 소파에 깊게 파묻힌 채로 시간만 흘려보내고 있을 때였다. 몸을 일으키면서 막 확인하려던 참이라고 했다. 친정은 좀 어때? 그러나 전화는 이미 끊어진 뒤였다. 평소 친정에 잠시 들렀다 올 때조차 온갖 식재료와 필요한 살림살이를 살뜰히 챙겨 오던 아내다. 하물며 미국에 가기로 결단을 내린 뒤였으니, 인류 최후 벙커에 실을 물건을 점검하는 물자 담당 행정 공무원처럼 딸에게 줄 음식을 하나씩 챙기고 있겠지. 아내는 신경이 몹시 곤두서 있을 것이다. 아내가 오기 전까지 일을 모두 처리해야만 했다.

조건은 하나뿐이었다. 직접 와서 가져가야 한다는 것. 우린 그 물건을 치워 버릴 생각밖에 없었다. 가장 먼저 댓글을 남긴 이에게 메시지를 남겼다. 그러자 그는 내게 직접 가져다줄 수는 없느냐고 했다. 버젓이 가져가는 조건이라고 남겨 놨는데도.

어깨를 다쳐서요.

안타깝지만 제가 해 드릴 수 있는 일은 없네요. 혼자 사는 사람이라 옮길 수 없고, 물건을 실을 만한 차도 없습니다.

혼자 사는 사람도 아니었고 차도 있었지만 어떤 면에선 모두 진실이었다. 내 SUV 차량 뒤 칸은 골프 백과 1년 반 넘게 방치해 둔 캠핑용 잡동사니가 자리를 차지하고 있었다. 게다가 아내가 친정에서 돌아오길 기다렸다가 함께 남 좋은 일을 하자고 무거운 식탁을 옮기는 모습도 상상하기 어려웠다. 우리가 그런 호의를 베풀어야 할 이유란 없다. 모르는 사람인 데다 유일한 조건을 진지하게 고려하지 않았다는 점에선 무례하다는 생각도 들었다. 탈락이었다. 그보다도 내 마지막 대답을 끝으로 더 이상 아무런 반응도 보이지 않아 저절로 떨어져 나갔다.

상판에 어떤 나무를 썼느냐고 묻는 사람도 있었다.

삼나무입니까, 아님 자작나무?

글쎄요. 원목입니다.

나는 기억을 더듬어 보려 애썼지만 결국 그렇게 대답할 수밖에 없었다. 오래 전 아내는 목재를 만져 보면서 가장자리 폭이 균일하고 목질이 중후하다면서 전형적인 무슨 나무의 특징이라며 귀띔했다. 그때 나는 그녀를 따라서 장인 작업실에 갔다가 매캐한 먼지와 어두침침한 분위기에 얼굴만 찌푸리면서 흘려들었다. 가격표가 붙은 물건이 아니었고, 나는 그 동네 장인들이란 어수룩해 보이는 사람에게 가격을 높여 부르는 종류의 사람들이라고 의심하던 터라 호락호락하지 않다는 의미에서 부러 표정만 찡그리고 있었다. 그느라고 아내의 말을 귀담아 듣지 못했다.

아내는 옹이 무늬가 중간에서 약간 치우친 곳에 있다는 이유를 들며 장인과 흥정했고 한 푼씩 깎았다. 무늬 모양이 어째서 흥정 대상이 되는 이유인지 모르겠지만, 나는 정말이지 무늬가 못마땅하다는 표정을 내비치며 거들었다. 장인이 거듭 난색하는 모습을 보였지만 아내가 만족하는 선에서 가격이 정해졌다. 아내는 돌아오는 길에 그게 얼마나 좋은 식탁인지에 대해서 설명했다. "한 눈에 봐도 목질이 다르지?" 아내가 말했다. 응, 좋더라. 나는 그렇게 말하면서도 실은 아무런 감흥이 없었다. 식탁이 그저 식탁 아닌가. 기성품도 훌륭한데 굳이 흥정하면서까지 시간을 써야 하나. 속으론 그런 생각도 없진 않았다. 그때는 그랬다. 그리고 지금 아내는 전화를 받지 않았다.

식탁 다리를 하나씩 분리가 가능하냐는 질문을 던진 이도 있었는데, 모른다고 대답했다. 핸드폰 카메라 손전등을 켠 채로 식탁 다리를 두루 살펴봤으나 프레임을 통째로 뜯어낼 순 있어도 하나씩 분리가 되는 형태는 아닌 것으로 보였다. 그 역시 아내라면 알고 있을 것이다. 물건의 내력과 가격, 작동이나 구성 원리, 구조까지 속속들이 알고 있는 사람이었다. 그러나 나는 이번에는 아내에게 전화하지 않았다. 주도권이 내게 있다는 사실을 깨달았으니까. 식탁을 가져가겠다는 대기자는 많았다. 게다가 다리를 하나씩 뜯어낼 수 있다면, 전부 분리해서 달라고 할지도 몰랐다.

통째로 들고 가셔야 합니다.

저는 상판만 필요합니다. 전기 절단기로 분해할 수 있습니다.

잠시 그의 말을 이해하느라 시간이 걸렸다. 그건 블레이드형 톱날을 쓰는 절단기를 말하는 것 같았다. 불꽃은 사방으로 튀고, 강한 불빛이 발생해서 용접용 마스크를 쓰고 하는 작업 아닌가. 요즘엔 위험하다는 이유로 길가서도 함부로 쓰지 않는다. 그걸 가정집에서 쓰겠다고? 게다가 아무 쓸모도 없는 철재 다리 뼈대만 집에 남겨 두겠다니. 터무니없는 부탁이었다.

죄송합니다.

군대에서 배운 기술이 있어서 절단은 어렵지 않습니다.

어렵고 말고 그런 문제가 아닙니다.

또 다른 누군가는 상판이 8cm 정도로 두꺼워 보이는데 요즘엔 목재의 자연스러운 결을 살리되, 폭은 점점 더 얇아지는 추세라고 했다. 가져가겠다는 말인가요? 그러자 상대방은 가구에 대한 철학이 아쉽다며 가져가지 않겠다고 했다. 상대방은 식탁을 보면 주인의 인테리어를 바라보는 관점과 시각을 알 수 있다면서 난데없는 힐난을 던졌다. 나는 대꾸하지 않았다.

조립식 식탁이라면 분리해서 가져가는 편이 편하다며, 내게 조립비를 받겠다는 사람도 있었다. 조립비는 드릴 수 없습니다. 그러자 상대에게서 아무런 대답도 돌아오지 않았다. 의자도 함께 가져갈 수 있느냐고 묻는 이도 있었는데, 의자는 아내가 교회 지인들에게 나눠 주기로 한 터였다. 또 다른 이는 일주일 뒤엔 꼭 가져갈 테니 기다려 줄 수 있느냐고 했다. 그럴 수는 없다고 했다. 내가 양보할 이유는 없었다.

사정이 있어서요. 일주일 뒤엔 꼭 가져갑니다.

죄송합니다. 사정은 저한테도 있습니다.

상대방의 구구절절한 내막까지는 알 필요 없고, 알고 싶지도 않다. 조건이 맞지 않는다면 대화를 그만둬야 한다. 정말이지 내가 알고 싶은 건 지금 가져갈 수 있는지 그뿐이었다. 가능하세요? 가능합니다. 무료나눔 대화는 이래야 했다. 나는 수신 차단 기능이 있다는 걸 알게 됐고, 그들을 모두 차단 목록에 올렸다. 예의 없는 것들.

그들은 상대적으로 젊은 사람들일 것이라 생각했다. 이제 갓 대학을 졸업하고 직장을 가졌거나, 혹은 사회생활 경험이 많지 않은 경우, 그런 어린 애들은 자기 몫과 권리만 요구하고 남을 배려하는 성향이 떨어진다고. 나는 아내에게 새로 부서에 배치된 젊은 직원들을 보면서 자주 불평해 왔다. 식탁 상판만 들고 나가겠다는 메시지를 보면서도 제멋대로인 신참들의 얼굴을 떠올렸다.

평소 아내는 젊은 사람이 다 경우가 없는 것은 아니라고 했지만, 적어도 내가 봐 온 요즘 신입 사원들은 대체로 그렇다고 했다. 최근에도 그랬다. 갓 입사한 옆 부서 재경국 사원이 영업팀 본부장인 나부터 부장, 차장, 대리까지 다 수신자로 지정해서 메일을 보낸 적이 있다. 요즘 외부 미팅 식사 영수증 누락 건이 많아졌으니 각별히 신경을 써 달라나, 그게 왜 문제냐는 아내에게 설명하려 애썼다. 설령 문제가 있다고 한들, 자기 상사에게 보고하고 윗선끼리 얘기가 되게끔 했어야 하지 않겠느냐고.

나이가 먹어 갈수록 비슷한 연배가 편했다. 식탁 역시 내 나이쯤 되는 사람이 물건을 가져갔으면 했다. 사소한 것쯤은 대수롭지 않게 여길 적당한 여유가 있고, 작은 호의에도 머쓱해하고, 상대에게 피해가 가지 않도록 배려하는 태도를 갖춘 사람이길 바랐다. 보통은 내 나이 연배 남자들이 그런 편이라고 생각한다.

그는 아무것도 묻지 않았다. 시간을 알려 달라는 게 전부였다. 그게 좋았다. 그는 열세 명 중에서 아홉 번째였다. 원칙적으론 먼저 연락한 순서대로 우선권을 줘야 하겠지만, 원칙을 일일이 지킬 여유가 없었다. 다섯 번째까진 차례대로 내려오다가 그게 시간 낭비임을 깨달았다. 가능하신가요? 여러 명에게 동시에 물었다. 그리고 답장을 훑다가 그로 정했다. 그는 오늘 언제든 가능하다고 했다. 그건 나도 마찬가지였다. 나는 내 전화번호와 함께 우리집 아파트 호수를 전달했다. 그러자 채팅 창 말풍선 안에 '…' 표시가 나타났다. 상대방이 무언가를 쓰고 있다는 의미였다. 이내 글자가 떠올랐다.

가깝네요. 지금 가지러 갈까요?

집에 있습니다. 기다리겠습니다.

이상적인 시작이었다. 아마도 문 앞에서 우린 더할 나위 없이 간결한 인사를 나누게 될 것이다. 그는 아마도 내 나이대 남자가 아닐까. 그는 식탁을 만지면서 좋은 물건이라고 말할 테고, 나는 오래 정든 물건입니다. 대답할 것이다. 그렇게 몇 차례 버석한 대화가 오간 다음 그는 자신이 데려온 누군가와 어영차 식탁을 든다. 나도 현관 앞에서 신발을 치우면서 거들어야겠지.

그럼 남자는 식탁을 든 채로 조금씩 등 뒤쪽으로 물러나다가 현관에서 신발을 구기면서 발에 끼울 것이다. 식탁이 집 밖으로 빠져나가고 문 앞에서 그에게 인사하는 장면을 상상한다. 잘 쓰십시오. 그러면 그가 식탁을 잠시라도 내려놓고 내게 인사를 해야 할지 고민하면서 주춤할 테지. 그럼 나는 황황히 말리면서 "내려놓지 마시고요. 조심하시고 살펴 가십시오." 할 것이다. 그럼 남자는 이렇게 말할 것이다. "고맙습니다. 잘 쓰겠습니다." 나는 잠시 그를 태운 엘리베이터의 문이 닫히길 기다리겠지. 문이 닫히면 나도 집 안으로 들어가면서 끝이 난다. 그건 내가 생각하는 완벽한 무료나눔이다.

저 지금 아파트 1층입니다.

그가 문자로 아파트 동 입구에 도착했다고 알렸다. 입구 인터폰으로 집 호수를 눌러서 도착 사실을 알려도 될 텐데 굳이 개인 전화로 먼저 연락하다니. 갑작스런 인터폰 호출 소리에 놀라지 않도록 배려한 것이 아닐까. 나는 그가 경우를 아는 사람이라고 생각했다.

나는 현관 앞에서 기다렸다. 배달 서비스를 수없이 받아 본 덕분에 나는 언제쯤 1층서 올라오는 사람들이 집 문 앞까지 도착하는지 정확히 알고 있었다. 지금쯤이라고 생각했을 때 어김없이 인터폰이 울렸다. 나는 문손잡이를 돌린다. 이쪽 세계가 바깥을 향해 열렸을 때 내가 마주한 건, 두 명이었다. 안녕하세요. 그들이 내게 먼저 인사했고, 어째서인지 "예."라는 말밖에 나오지 않았다. 분명 꽤나 높은 톤으로 안녕하세요, 말하면서 미소 짓는 내 모습을 상상했는데.

20대 중후반 정도였을까. 한 명은 왜소한 편이었는데 티셔츠 위에 낚시터에서 볼 것 같은 얇은 회색 나일론 조끼를 덧입고 있었다. 이런 스타일이 유행인 건가. 아무리 생각해도 티셔츠 위에 왜 거추장스럽게 조끼를 덧입는지 이해할 수 없었다. 달라붙는 청바지가 유행이라고 들었는데, 그런 바지를 입고 있었다. 거기에 어두운 색 벙거지 모자와 선글라스를 끼고 있었다. 건물 안인데도 그랬다. 그게 유행이라면, 답답하게 보이는 게 유행이라는 얘기였다. 다른 쪽은 두툼한 편에 키도 커서 다부진 편이었는데, 홍학이 그려진 노란색 하와이안 셔츠에 반바지 차림이었다. 그러곤 머리에 뭔가를 잔뜩 발라 뒤로 넘긴 채였다.

둘 다 나름대로 잔뜩 멋을 낸 듯했는데, 뭐랄까, 터무니없다는 느낌을 받았다. 휴양지 호텔에서 제비뽑기 이벤트에 당첨돼 상을 받아 가려는 것처럼 보였다. 저희는 무슨 상을 받게 되나요? 그렇게 물을 것 같다. 그럼 나는 얼떨떨한 기분으로 식탁이라고 대답해야 하는 역할이었다. 무료나눔 식탁을 가져가기에 적당한 복장이라는 게 따로 없지만. 휴가 가는 기분과는 다를 텐데, 딱 붙어서 움직이기 불편한 청바지에 시야를 가리는 선글라스 그리고 지나치게 펄럭거리는 홍학 하와이안 셔츠라니. 식탁을 나르기 좀 더 편한 복장을 입고 오는 편이 낫지 않았을까.

젊은 애들은 상황에 맞는 옷을 입는 게 왜 중요한지 모르는 경우가 태반이라고, 나는 그게 왜 문제인지 딸에게 일러 주곤 했다. 그런 사람들을 보면 상대방이 경계하게 되는 법이다. 그럼 상대로부터 호감을 얻지 못하게 된다. 호감을 얻지 못하면? 딸은 물었다. 그때 나는 대답하면서 눈살을 찌푸렸던 것 같다. 어떤 식으로든 불이익을 얻게 되지. 나는 대답했다.

그들에겐 어떤 불이익이 있을까. 나는 그들에게 더 친근하게 굴 수도 있었지만, 그러지 않았다. 나는 이 식탁이 얼마짜리인지에 대해서 설명해 줄 수 있다. 상판에 어떤 나무를 썼는지는 나 역시 정확히는 모르지만, 하여간 꽤 비싼 돈을 들여 산 좋은 식탁이라고 그들이 얼마나 횡재를 한 것인지 알려 줄 수 있다. 그러나 그러지 않는다. 불이익인가? 그렇다고 생각한다. 값어치를 아는 것은 중요하다. 살아가는 데 있어서 그렇다.

제가 연락드렸습니다. 하와이안이 말했다. 경우에 따라선 건달처럼 굴 것도 같은 인상인데, 실제 목소리나 태도는 다소곳했다. 그러시군요. 나는 그렇게 대답했다. 되도록 복장이나 외모에 대해선 잊기로 마음먹었다. 선글라스 쪽은 좀 더 독특한 사람처럼 보였는데, 자기 세계 안에 빠져 있는 것처럼 혼자서 무언가 중얼거리고 있었다. 거기엔 리듬이 실려 있어서 나는 그게 금세 노래라는 걸 알아차렸다. 아마 랩이 아닐까. 걸어 들어오면서 어깨를 들썩거리는 것처럼 보였다.

혼자 웅얼거리는 것에 불과했고, 누군가를 방해할 만큼 큰 소리는 아니었지만 그는 세상살이의 중요한 원칙을 깨트리는 것만은 틀림없었다. 남의 집에 들어와서 무언가를 할 땐 허락을 받아야 하는 점을 말이다. 남의 집에선 그게 원칙이다. 11년 전 아내가 얻은 정보 덕분에 이 집을 산 이래 매달 대출금을 조금씩 갚아 가며 애지중지 지켜온 곳이다. 내 공간이다. 그게 어떤 의미냐면, 여기

32평 안에선 내 허락을 받아야 한다는 말이다. 랩이든 노래든 춤이든.

그러나 그들에게 어떤 충고도 남기진 않았고 되도록 그들의 모습에 대해선 신경쓰지 않겠다고 마음먹었다. 그들은 남이고 이건 그냥 무료나눔일 뿐이지 않은가. 그건 그들이 식탁을 나르다가 청바지가 찢어지든, 그 한껏 멋 낸 올백 머리에 먼지를 잔뜩 묻히든 내알 바 아니라는 얘기다. 식탁은 현관에서 중문을 열고 들어와서 거실 쪽으로 틀면 바로 보인다. 그걸 양쪽에서 잡고 나가는 일이 고작이다. 보통 식탁보다는 무거울 텐데 남자 둘이서 들면 어렵진 않을 것이다. 그럼 모든 과정을 다 따져도 몇 분이면 끝날 것이다.

남자 셋이 우두커니 선 채로 거실에서 식탁을 바라보고 있다. 이 물건입니다. 내가 말했다. 그렇군요. 선글라스가 대답했다. 둘은 식탁에 대해서 아무런 평가도 하지 않았다. 둘은 식탁의 가치가 아니라 무게만을 생각하는 듯했다. 얼마짜리인지, 얼마나 좋은 나무를 썼는지 묻지 않는다. 둘은 이를 어떻게 나를지 상의했다. 그 자리에서 마치 뿌리째 뽑아 가는 것처럼 그저 그 물건을 자리에서 들어낼 사람이라면 누구라도 상관없다고 생각하긴 했지만, 그래도 이렇게 근사한 식탁이라면 누구든 적당한 관심을 보여 줄 것이라고 예상했다.

그들에겐 아무 식탁이나 상관없었던 것일지 모른다. 좀 더 가볍고 싼 나무 합판 조립식 식탁이나 장인에게 제작한 식탁이나 별 차이가 없다고 여기는 듯했다. 그렇다면 우리 집 물건은 그들에게 너무 과분하지 않나. 아쉬워할 일이 아니라는 걸 알면서도 떨쳐 내기 어려운 생각이었다.

식탁은 얼른 처리해야 할 물건이긴 했다. 아내가 미국으로 곧 떠나면 혼자 살기 적당한 작은 집으로 옮겨 가야 했으므로. 그러려면 거추장스러운 물건들을 어떤 식으로든 치워 버려야 했다. 그렇게 아이를 혼자 방치하는 게 아니었는데. 아내는 한번 결심을 내리자 지체 없이 미국으로 갈 수 있는 최대한 빠른 비행 편을 알아보더니, 나흘 만에 출국하는 표를 끊었다. 아내는 한동안 그곳에서 살 것이라고 말했다. LA에서? 이 넓은 집을 어떻게 하고? 아내는 집을 전세로 내놓으라고 했고, 내겐 더 작은 집으로 옮겨 가라고 했다. 책장이나 식탁은 작은 걸 새로 사는 편이 낫다고 했다. 처리할 물건들은 중고 마켓 앱에 무료나눔으로 내놓으면 된다고 했다. 일이 너무 빨리 돌아가는 통에 정신이 없을 지경이었다.

딸 때문이었다. 한국에서 두 번이나 미대 입시에 미끄러지자 차선으로 선택한 게 미국 유학길이었다. 딸에게 먼저 얘길 꺼낸 건 나였다. 언젠가 입사 3년 후배인 회사 부장 하나가 술자리에서 아들을 해외로 유학 보냈다는 말을 꺼낸 적이 있다. 대학 입시가 우리보다 훨씬 간단하니까요. 후배는 그렇게 말했다. 그 자리에선 별로 대단찮은 화제였지만, 딸이 입시 실패 후 낙심하는 모습을 보면서 내가 그 말을 담아 두고 있었음을 깨달았다. 1년간 현지에서 영어를 배우는 대학 부속 교육 기관에 다니다가 내년에 해당 학교 디자인 관련 학사 과정에 입학하는 코스라고, 그의 말을 기억하고 있었다. 입시에 재차 좌절해 실망이 컸던 탓인지, 딸도 내 말에 순순히 응했고 유학 쪽을 알아보기 시작했다.

아내는 자신이 알아보고 등록시켰던 입시 학원들에 문제가 있었다며 자책하던 터라 유학 자체를 말리진 않았다. 다만 아내는 딸아이를 혼자 보낼 수 없다면서 한사코 자신이 함께 가야 한다고 했는데, 군말 없이 부모 말을 따르던 딸이 그것만큼은 거부했다. 스물 하나면, 혼자 살아갈 수 있는 나이라고 했다. 혼자 가는 것. 그게 제 유일한 조건이에요. 딸아이는 말했다.

혼자 살아갈 수 있는 나이라. 그 나이 자체는 그런 나이일지도 모른다. 그러나 아이의 인생과 관련해 늘 결정을 내리는 쪽은 언제나 아내 혹은 나였다. 특별한 모험도 도전도 해 본 적이 없는 아이였다. 물론 딸은 동의하지 않을 것이다. 자신이 그동안 맞닥뜨려 온 입시란 엄청난 도전이라고 생각했을 터였고 동시에 입시 실패는 거대한 좌절이라고 생각하고 있을 것이었다. 입시라는 과정 자체가 대단한 일인가? 모르겠다. 나는 그저 결과를 내지 못한 게 한심하고 안타까웠을 뿐이었다.

한편으론 정보력이 있는 우리 같은 부모가 할 수 있는 역할이 남아 있어서 다행이었다. 우리에게 딸은 그저 보듬어야 하는 어린애였다. 결과적으로 아이가 혼자 떠나갈 수 있게 허락했는데, 아이가 혼자 독립할 수 있는 힘을 이참에 기를 필요도 있다고 생각해서였다. 그러니까 아이의 요구를 수락한 건 오히려 혼자 살아갈 나이라는 말에 동의하지 못했기 때문이었다.

아이를 혼자 보내기로 한 건 오판이었을까. 그렇게 빨리 후회할 일이 생길 것이라곤 예상하지 못했다. 첫 3개월 만에 딸은 자신이 왼팔에 깁스를 했다고 알려 왔다. 스케이트보드를 타다가, 도로에서 미끄러지면서 다쳤다고 했다. 넘어지면서 팔을 땅에 디뎠는데, 심하게 꺾였다는 게 딸아이의 설명이었다. 다른 이유도 아니고, 스케이트보드라는 게 뜻밖이었다. 여기 와서 배우기 시작했어요. 수화기 저편에서 딸은 말했다. 나는 그 정도면 다행이라고 아이를 위로했고, 그러면서 다음엔 좀 더 안전한 취미를 찾아보라고 했다.

"안전한 취미예요. 그저 재수가 좀 없었을 뿐이죠."

딸은 대수롭지 않다는 듯이 말했다. 그러한 말투를 쓰지 않던 아이여서 그때 이미 조마조마한 마음이 들었다. 뭔가 더한 일이 벌어질 수도 있을 것만 같은 불길한 예감 같은 것이 스쳤다. 돌이켜 보면 차라리 스케이트보드 쪽이 더 안전한 취미라는 건 부인할 수 없다.

5개월 후 아이는 병원에 입원했다. 그 소식을 전한 건 딸이 아니었다. 아내에게 연락한 것은 현지 어학원 행정 직원이었다. 아내는 모르는 번호의 국제 전화가 남겨져 있다는 사실부터가 심상찮았다고 한다. 아내도 나처럼 이전부터 불길한 종류의 예감을 느끼고 있었던 것이 틀림없다. 아내는 현지 직원의 빠르게 흘리는 영어를 이해하기 힘들었지만, 병원이라는 단어와 모터사이클이라는 단어와 남자 친구라는 단어를 알아들었다고 했다. 그것만으로도 어떤 종류의 사고가 벌어졌는지 짐작했다. 병원도, 남자 친구도,

모터사이클 어느 것도 우리 부부가 편안하게 받아들일 수 있는 단어가 없었다. 스케이트보드보다 더 낯선 조합이었다.

딸은 전화를 받지 않았다. 아내는 병원 연락처를 받아 두었고, 영어를 잘하는 대학생 처조카 아이에게 시켜서 무슨 일이 벌어졌는지 대신 확인했다. 헬멧을 쓰지 않았더라면 죽었을 수도 있다고 했다. 그리고 남자 친구가 아니라네요. 조카가 말했다. 남편이라는데요.

늦은 밤 딸은 전화로 자신의 의식엔 아무런 문제가 없다고 했고, 치료엔 수개월이 걸리겠지만 차근차근 재활해 나가면 되는 일이라고 덤덤히 말했다. 아내는 그렇게 말할 일이 아니라고 고함을 쳤다. 전화기를 건네받은 내가 남자 친구에 대해서 캐물어도 딸은 아무런 말도 꺼내지 않았다. 아내는 서둘러 미국으로 가는 비행 편을 알아보기 시작했다.

나는 둘이 식탁을 옮기는 모습을 바라보고 있었다. 하와이안이 문에 다다라서 조심스레 뒷걸음질쳤다. 다소 무거워 보였으나, 틀림없이 옮길 수 있을 것만 같았다. 그러나 식탁 상판은 현관문보다 폭이 넓었다. 정말이지 몇 센티미터에 불과했지만, 턱하고 걸렸다. 젠장, 하와이안이 당황해서 중얼거렸다. 선글라스가 자신이 하겠다며 자리를 바꿔 문 쪽에서 식탁 머리를 빼내기 위해 분투했지만 어림없었다. 현관 쪽에 놓인 신발장 탓에 움직일 수 있는 공간도 좁았다. 식탁을 기울이고, 옆으로 뉘어도 마찬가지였다. 어라? 처음엔 그들이 요령 없는 게 아닐까 했는데, 선글라스 질문엔 당혹감이 밀려왔다.

"집엔 식탁을 어떻게 들여오셨어요?"

어떻게 식탁을 들였는지 기억나지 않았다. 이사했던 날의 기억이 드문드문 떠올랐지만, 냉장고와 식탁이 들어오는 장면은 누가 지우고 간 것 같았다. 아무리 기억 속 창고를 훑어도 그 부분은 깔끔하게 지워져 있었다. 포장 이사 업체를 이용했던 것 같다. 아마도 창문을 뜯은 뒤에 사다리차로 올리지 않았을까. 그러나 확신할 순 없었고 식탁이 어떻게 들어왔는지에 대해서라면, 정말이지 아는 바가 없다.

그걸 깨닫자 나는 무척이나 당혹감을 느꼈다. 아내라면 알고 있을까. 아마도 그렇지 않을까. 나는 급하게 다시 아내에게 전화를 걸었지만 연결음만 길게 이어졌다. 휴대 전화에 귀를 대고 있는 동안 낯선 물건을 보는 것처럼 한참 식탁을 바라보고 있었다. 여전히 아내는 전화를 받지 않았다. 이번에도 나는 이렇게 대답할 수밖에 없었다. 하나 마나 한 소리라는 걸 알면서도.

"정말이지 모르겠습니다. 분명 들여오긴 했는데."

둘은 거실에 식탁을 내려놓았다. 그러곤 식탁을 어떻게 옮길지 처리 방법을 두고 대화를 나누기 시작했는데, 선글라스는 상판과 다리를 분리하자고 했다. 분리가 가능한가요? 선글라스가 물었다. 나는 모른다고 대답했다. 선글라스는 마치 자동차 정비라도 하듯 스마트폰 손전등을 켠 채로 식탁 아랫부분을 훑기 시작했다.

그는 분리가 가능하다고 했다. 하와이안이 신중하다는 인상을 줬다면, 선글라스가 적극적으로 나서는 편인 듯했다. 그제야 적당히 서로를 보완하는 친구 관계처럼 보였다. 선글라스는 물었다.

"혹시 집에 드라이버가 있나요?"

나는 쪼그려 앉은 채로 선글라스가 식탁 아랫부분을 탐색하는 모습을 보고 있었는데 옆에서 하와이안이 나를 물끄러미 바라보는 시선이 느껴졌다. 드라이버? 나는 공구함에 있다는 사실을 떠올려 냈다. 하와이안과 선글라스, 그리고 나는 식탁 다리가 위쪽을 바라보도록 뒤집었다. 나사도 참 단단하게 조였네요. 엄청 튼튼해요. 선글라스는 드라이버를 돌리면서 힘을 잔뜩 준 표정이었다. 그건 그들이 식탁에 건넨 첫 번째 칭찬이었다. 선글라스가 다리를 만지면서 물었다. 집에 전동 드라이버는 없습니까? 그러나 집에 그런 것은 없다.

"그게 있으면 편합니다. 살아가는 데 있어서요."

그 말을 듣던 하와이안은 무언가를 떠올린 듯 30분 뒤에 돌아오겠다고 했다. 그건 나뿐만 아니라 식탁 아래에서 부질없이 드라이버를 돌리던 선글라스 쪽에게 한 말이기도 하다. 식탁이 문 앞까지 끌려 나온 채로 뒤집혀 있었고, 선글라스는 자신의 친구가 사라진 뒤에도 여전히 열리지 않는 나사를 두고 끙끙대고 있었다.

일이 복잡해진 것은 누구나 식탁을 쉽게 나를 수 있다고 여긴, 내 착오 때문이라고도 할 수 있는 일이었다. 나는 앱 게시판에 그저 원목 식탁이라는 설명을 남겼을 뿐이다. 그것 외엔 아무런 특기할 만한 게 없다고 생각했으니까. 식탁의 밑바닥을 훑어야 하는 상황 같은 건 상상하지 못했다. 나는 헛심 쓸 필요가 없다고, 친구 분이 곧 오게 될 테니 그때까지 쉬는 편이 나을 거 같다고 했다. 그러나 선글라스는 계속 시도하겠다고 했다.

"모르죠. 이러다가 갑자기 잘 될지도."

그는 정말이지 나사에 온 신경을 쏟고 있는 것처럼 보였다. 나로선 식탁을 집 안에 들인 이래 거기에 있는지도 의식하지 못했던 나사였다. 식탁에 대해서 깊이 생각해 본 적이 없다는 사실을 깨달았는데, 아래쪽에 대해서라면 더욱이나 그랬다. 식탁을 뒤집어서 본 것도 이번이 처음이었다.

10년 전쯤 초등학생이던 딸아이가 식탁 밑에 들어가 웅크리는 버릇이 있었다. 그때마다 나는 아이에게 식탁 밑으로 들어가는 것은 바람직한 행동이 아니라고 혼을 내곤 했다. 식탁 아래 짙고 어두운 그림자가 아이에게 드리워진 모습이 좋아 보이지 않아서였다. 나는 식탁 아래쪽은 온통 어둡기만 하다고 생각해 왔고, 그래서 맨얼굴을 밖으로 드러낸 식탁 아랫면이 윗부분보다 좀 더 톤이 환하고 색감이 밝은 나무색을 띠고 있다는 게 꽤 의외였다. 실제로는 아랫면에서 손때가 덜 탄 환한 색이 드러나는구나. 그건 오랫동안 아이 눈에만 보이는 영역이었을 것이다. 식탁은 점점 더 낯설게 보였다.

식탁에 대해서라면 알고 있는 게 많지 않았고, 설명해 줄 수 있는 말도 없었다. 그러니 애쓰고 있는 선글라스에게 해 줄 말이 있

다면, 식탁에 관한 것은 아니었다. 잠시 생각 끝에 내가 알고 있는
걸 하나 간신히 추려서 말해 줄 수 있었다.

"마음대로 되지 않는 일도 있습니다. 너무 애쓰지 마세요. 다른
방법이 있을 겁니다."

나는 쪼그려 앉아서 식탁 아래 다리 부분의 이음새 쪽과 그를 번
갈아 보면서 말했다. 그때 선글라스는 쪼그린 채로 식탁의 구석
구석을 살피고 있었다. 내 말에 그는 잠시 생각하는 것처럼 보였
지만, 결국엔 바닥에 주저앉았다. 그러자 땀에 번들거리는 얼굴이
드러났다. 그는 손으로 이마를 쓸었다. 잠시만요. 나는 냉장고 쪽
을 향했다.

문을 열고 오렌지 주스를 찾았지만, 없었다. 분명 있다고 생각
했는데…. 아내가 친정에 간 뒤로 장을 본 적도 없다는 사실을 깨
달았다. 최근 들어 끼니는 배달 음식으로 대충 때우고 있었고, 냉
장고엔 별 신경을 기울이지 못했다. 나는 컵에 물을 채운 뒤 그에
게 건넸다. 그가 고개를 꾸벅 숙이면서 그걸 받아 마셨다. 친구 오
려면 한참은 걸릴 겁니다. 선글라스가 말했다. 하릴없이 남의 집
에서 미적거리기 난처하다는 말로 들렸다. 그가 물 잔을 비우자마
자 이내 뭐랄까 어색한 공기가 집안을 감쌌는데, 누구랄 것도 없이
우린 같은 분위기를 느꼈던 게 틀림없다.

"이웃에게 방해가 되지 않는 선에서라면" 나는 말했다. "노래를
부르셔도 좋고요."

그러자 선글라스가 흠칫 놀랐다. 자신들은 남자 둘 여자 하나로

이뤄진 인디 힙합 그룹이었고 새로 만든 랩을 연습하던 중이라고. 물을 받아 마시면서도 속으로 새로 쓴 랩 가사를 외우느라고 조용히 읊조리고 있었는데, 마치 자신의 속마음이 드러난 것 같은 기분을 느꼈다고 했다. 랩이어도 좋습니다. 나는 그렇게 말했다. 내가 거실을 서성거렸고, 그가 자신만의 랩에 몰두해 있는 동안 하와이안이 누르는 인터폰 소리가 들려왔다. 숨을 헐떡이는 하와이안 옆엔 한 명이 더 있었다. 탱크톱에 캡 모자를 눌러 쓴 차림이었고 오른팔엔 의미를 알 수 없는 영문 문신이 새겨져 있었는데, 나는 비로소 인디 힙합 그룹이 우리 집에 다 모였다는 걸 알 수 있었다. 식탁을 분리해서 옮기려면 사람이 더 필요하겠지. 허락 같은 건 받지 않았지만 그럴 수밖에 없는 일이라는 것도 잘 알았다.

전동 드라이버를 이용하자 다소 터무니없다는 기분이 들 정도로 수월하게 식탁이 분리됐다. 문신과 하와이안이 금속 식탁 다리를 앞뒤로 잡은 채로 문밖을 빠져나갔다. 그건 마치 훌륭한 사냥꾼들이 동물의 다리를 들고 움직이는 것처럼 보였다. 그리고 하와이안이 집 안으로 다시 돌아와서 선글라스와 상판을 마저 들고 엘리베이터 앞으로 옮겼다. 그걸 옮기는 모습만 봐도 상판이 꽤 무거운 물건이라는 걸 알 수 있었다. 무게도 무게지만, 부피가 커서 이들이 분리된 식탁을 한꺼번에 옮기기란 불가능해 보였다. 그러니까 정말이지 하는 수 없었다. 나는 하와이안을 보면서 고개를 끄덕였다. 그들은 손사래를 치면서 사양했지만.

우리는 함께 상판을 들고 횡단보도를 건너고, 상점 앞을 지났다. 다리를 들고 있는 두 명이 뒤따랐다. 저녁이 내려앉은 거리에서 사람들이 식탁 사냥꾼들을 힐끔거리면서 지나갔다. 도착지는 엘리베이터가 없는 5층짜리 상가 건물의 옥상이었다. 옥상이라구요? 그들은 그곳에 자신들의 작업실이 있다고 했다. 옥상에 도착하자, 나는 숨을 거칠게 몰아쉬었다. 정말이지 전형적인 옥탑방이었다. 거기엔 평상이 있었는데 나는 그쪽으로 비틀비틀 다가서서 뻗어 버렸다. 주스 드세요. 하와이안이 내게 종이 팩 포장 주스를 건넸다.

온몸의 감각은 빨대가 닿은 입술에 몰려 있었다. 평상에 누운 채로 하늘을 바라보면서였다. 그사이 그들은 식탁을 조립하고 있었다. 그건 집 안에 들이는 용도가 아니었다. 그들은 식탁을 밖에 세워 둘 생각이라고 했다.

가끔씩 여기서 뭐라도 시켜 먹곤 하려구요. 문신이 설명해 줬다. 내가 몸을 가까스로 일으켰을 땐 식탁이 완성된 뒤였다. 바깥에서 원목 특유의 뚜렷한 명암과 짙은 색감이 눈에 띄었다. 그 명확한 대비 때문에 식탁에서 독특한 생기가 느껴졌고, 그래서 식탁은 마치 처음부터 그곳의 하늘을 바라보면서 돋아나기라도 했던 것처럼 보였다. 이 식탁이 내 집 아닌 곳에 있는 모습을 상상해 본적 없었는데, 어디에 둬도 그런대로 어울린다는 사실을 알게 됐다. 인정할 수밖에 없는 일이었다.

식사를 안 하셨으면 같이 하고 가시죠. 선글라스가 라면을 끓여오겠다고 했다. 하와이안이 젓가락을 내왔고, 문신이 냄비를 가져

왔다. 그들은 번갈아 가면서 랩을 흥얼거렸다. 나도 그때 마침 부르고 싶은 노래가 있어서 조용히 흥얼거렸다. 20대 때 유행하던 댄스 가요였다. 그러고 보니 그게 그들의 랩과도 비슷하다는 생각도 들었다.

나는 아내가 곧 떠나기 때문에 식탁을 내놨다고 말했다. 라면을 후루룩 삼키면서였다. 그러자 그들은 누가 먼저랄 것도 없이 젓가락질을 멈추고 서로의 얼굴을 번갈아 바라봤다. "혼자 계신다면 혹시 도움이 될지 모르겠지만" 문신이 말을 꺼냈다. "게임 좋아하시나요?"

그들은 작업에 집중하기 위해 더 이상 게임을 하지 않을 생각이라고, 플레이스테이션4 게임기와 게임 CD 패키지를 팔아 버릴 생각으로 중고 마켓 앱에 올려놨다고 했다. "그냥 가져가서도 좋아요. 시간 죽이는 데 이만한 게 없거든요." 선글라스가 말했다. 내가 사양할 틈도 없이 선글라스가 옥탑방 안에서 게임기와 CD를 담아서 줬다. "어차피 저희는 필요 없어요. 오디션이 코앞인데요. 이번 만큼은 제대로 해 보려고요."

물건 하나를 성공적으로 치워 내자마자 물건 하나가 늘었다는 사실을 집에 도착해서 깨달았다. 게임기라니, 이걸 아내에게 어떻게 설명해야 할지 알 수 없었다. 정말 그들은 흥겨워 보였고, 진심이 담긴 배려 같은 것이라 거절할 수 없었다고 말하겠지만, 분명 이상하게 들릴 것이다.

그러나 이런저런 해명을 해 볼 틈도 없이 아내는 여전히 전화를 받지 않았다. 스마트폰을 귀 쪽에 댄 채로 나는 식탁이 있던 자리 쪽을 바라보고 있었다. 휑뎅그렁 드러난 공간을 보면서 남은 물건들도 하나씩 사라지는 운명을 쉽게 예감할 수 있었다. 바닥엔 식탁 다리에 눌린 자국이 남아 있었다. 내가 알고 있다고 생각했지만, 아내만이 공들이고 신경 쓰던 것. 그것을 들어낸 자리였다.

나는 식탁이 놓여 있던 자리로 다가갔다. 나는 그 자리가 여전히 식탁의 영역으로 느껴졌다. 그러나 식탁은 사라졌고 그곳은 아무런 구획도 없는 텅 빈 바닥일 뿐이었다. 그 순간 식탁이 놓여 있었던 자리는 유독 더 어두워 보였다. 나는 거기서 식탁의 그늘이 차지하던 범위가 얼마만큼이었는지 떠올리면서 손으로 바닥을 쓸어 보았다. 먼지 같은 것들과 찬 기운만 손에 들러붙었다.

나는 어두운 바닥으로 하나씩 떨어지는 수신 대기음을 들으면서, 지금 대화할 사람이 필요하다고 생각했다. 다음은 냉장고야? 그건 아내만이 알고 있다. 아내만이 아이에게 해 줄 말이 있다. 내게도 판단력이 있다고 생각했는데 오늘은 아무것도 확신할 수 없다고, 나는 아내를 붙잡고 한참 이야기하고 싶었다. 무슨 원목이라고 했지? 이젠 그때 흘려들었던 아내 이야기도 듣고 싶어졌다. 그러나 지금은 전화를 받을 수 없다는 문자 메시지가 화면 위에 떠올랐다. 집 안은 적막했고, 나는 그대로 스마트폰 화면을 한참 바라보았다. 그러다가 검지손가락으로 중고 마켓 앱을 찾아 눌렀고, 이전 대화 목록을 더듬거렸다.

"이 게임 저도 할 만합니까?" 전화를 받은 건 하와이안이었다. "이런 질문도 괜찮습니까? 혹시 너무 무례하게 들리진 않았습니까?" 이번엔 내가 많이 물어보는 쪽이었다. 나는 그의 설명을 들으면서 TV 단자에 게임기를 연결하고 있었다.

김보영

2004년 과학기술 창작문예에 중편 소설 「촉각의 경험」이 당선되며 작품 활동을
시작했다. 소설집 『멀리 가는 이야기』, 『진화 신화』, 『얼마나 닮았는가』, 『다섯 번째
감각』, 장편 소설 『7인의 집행관』, 『저 이승의 선지자』, 『당신을 기다리고 있어』 등을
썼다. SF 어워드 대상 등을 수상했다.

고요한
시대 _____ 07

속된 말로 멘붕이었다.

출구 조사 결과가 나온 순간부터 인터넷은 충격에 빠졌다.

예측이 틀렸던 지난 서울시장 선거가 재분석되고, 방송 3사 통합 조사와 다른 예측을 내놓은 케이블 방송에 무한한 신뢰가 쏟아졌다. 한두 시간 새 네티즌은 각 방송사 설문지 문구 차이까지 줄줄 꿰는 전문가가 되었다. 하지만 출구 조사는 통상 그렇듯이 오차 없이 정확했다. 결말부터 알려 주고 시작하는 소설처럼 밤은 우울하고 슬펐다. 축제를 준비하며 술집에 모인 사람들은 망연자실하게 일어났다. 당선 확정이 된 뒤에도 사람들은 현실을 받아들이지 못했다. 다음 날부터 부정 선거를 확신하며 재검표를 요구하는 청원이 줄을 이었다.

국민 과반의 지지를 얻어 당선된 새 대통령은 네티즌 눈에 도무지 그만한 지지를 받을 사람이 아니었고, 솔직히 말해 자격이 있는

지도 모를 사람이었다.

대선 기간 내내 인터넷은 그 후보에 대한 조롱으로 가득했다. 그 사람이 토론회에 나와서 했던 비현실적인 공약이며 어수룩한 말씨가 게시판마다 화제였다. 그야, 인터넷 쓰는 평균 연령대가 아무리 50, 60대라고 해도.

10대, 20대, 30대의 경이로운 투표율과 지지율로 대한민국 대통령으로 뽑힌 사람은, 이번에 나이 제한만 없어지지 않았어도 후보 등록도 못 했을 친구였다.

신영희는 소파에 기대 누운 채 벽을 응시했다. 교수실은 땀내로 절어 있었고 소파 옆에는 피자와 치킨 상자, 박카스 빈 병이 전리품처럼 쌓여 있었다. 전지를 바른 벽에는 신문과 시사 잡지에서 오려낸 문구와 헤드라인, 사진이 덕지덕지 붙어 있다. 붉은 매직으로 그은 선이 그들 사이를 거미줄처럼 오갔다.

조교가 문을 열고 들어와 말했다.

"졌네요."

∞

"야마를 부탁합니다."

신영희에게 한 국회의원 보좌관으로부터 자문 의뢰가 들어온 것은 저번 총선 시즌이었다. 전국에서 무소속 의원들이 정당 출신

의원보다 우세하거나 오차 범위 이내로 경합을 벌이던 무렵이었다. 정계는 혼란에 빠져 있었다. 평생 국회 밥을 먹은 의원들도 사태를 파악하지 못했다.

"정당 정치의 근간이 흔들리고 있습니다. 국가 위기 상황입니다."

신영희는 정당 정치가 흔들린다고 해서 국가 위기는 아니라고 생각했지만 입 밖에 내지는 않았다.

"저희는 야마를 '무정부주의자의 반란'으로 잡고 있습니다."

'야마', 기자들이 흔히 쓰는 말, 의미가 좁으면서도 광범위하다. 주제, 중심, 포인트, 생각의 틀, 프레임 따위를 부르는 말.

무정부주의자. 무소속 후보를 지지한다고 무정부주의자는 아니지. 하지만 적당히 논란을 사는 것도 괜찮다. 논란이 일면 논란 자체가 대중이 단어를 각인하게 도와준다. 논박은 남지 않고 단어만 남는다.

반란. 10대의 반란, 주부의 반란, 신세대의 유쾌한 반란.

"반란은 진취적이에요. 좀 더 불안한 표현을 쓰세요."

"폭격."

"동떨어지진 말아야죠."

"테러."

"좋아요."

"그럼 일단 '무정부주의자의 테러'로 가겠습니다. 이대로는 정당 정치가 몰락……."

"그 말은 더 하지 마세요. 사람들이 '정당'과 '몰락'을 연결시켜

버릴 겁니다. 앞으로 정당에 대해 언급할 때엔 어떤 경우에도 부정적인 표현을 같이 쓰지 마세요."

신영희의 조언이 제 몫을 했는지 단순히 운이 좋았는지 그 국회의원은 자리를 보전했고 총선도 정당의 승리로 끝났다. 하지만 당적도 없는 무소속 의원들이 대거 정계에 진출한 것만은 변함이 없었다.

신영희에게 여당의 한 중진 의원으로부터 '어떤 놈을 떨어뜨릴 문구 하나만 만들어 달라'라는 의뢰가 들어온 것은, 시골 출신의 한 새파란 시민 후보가 대선 여론 조사에서 10퍼센트의 지지율을 가져갔을 즈음이었다. 신영희가 개설한 인지 언어학 강의가 학생 수 부족으로 폐강된 무렵이기도 했다. 그게 국립 대학에 남은 마지막 인지 언어학 강의였다.

신영희는 책상과 책장을 빼고 벽 하나를 비웠다. 벽에 전지를 바르고 한가운데에 신문에서 오려 낸 '무정부주의자'라는 헤드라인을 붙였다. 옆에는 시사 잡지에서 붉은 글씨로 강조한 '테러'라는 단어를 잘라서 붙였다.

"잘 모르겠네요."

조교가 딱풀로 종이를 붙이며 말했다. 학자금 대출 빚이 밀린 친구라 이것 말고도 알바를 세 탕을 뛴다. 몇 년 만에 나타난 언어학 석박 지원생이라, 행여나 도망칠까 마음 상할까 신영희가 금이야 옥이야 달래 가며 키우는 학생이기도 하다.

"그냥 문구 하나 의뢰받으셨을 뿐이잖아요. 그게 뭐가 그렇게 중요하다고 이렇게 요란이세요?"

"마음은 물이고 언어는 그릇이야. 물은 그릇에 따라 모양이 변하지."

신영희가 답했다.

"인지 언어학자 생각이죠. 인지 언어학은 언어학에서 주류도 아닌데."

언어학과도 학계의 주류가 아니고. 신영희는 생각했다. 비주류인 정도가 아니라 사멸하는 학문이지. 학교마다 언어학과는 하나같이 학생 수 부족으로 통폐합 위기다. 요즘에 누가 책 같은 걸 보나. 베스트셀러가 고작 몇천 부 수준으로 전락한 지도 오래되었다. 내로라하는 출판사들의 도산 소식이 하루가 멀다하고 들린 지도 제법 되었다.

"꼭 광고만 잘하면 제품은 어찌 됐든 상관없단 말 같잖아요."

"일간지 신문을 다 도배하고 거리와 가판대를 다 차지하고, 제품은 미리 써 볼 수도 없고, 먼저 써 본 사람도 없고, 전 국민이 동시에 딱 한 번 사고 끝나는 제품이지. 광고가 이렇게 잘 먹히는 제품이 세상에 어디 있나?"

신영희는 소파에 앉아 손을 까닥거리며 조금만 더, 조금만 더 하며 위치를 이동시켰다. 소파에서 고개만 들면 바로 '테러'가 보이도록. 낡은 방식이지만 전자 제품은 유출 위험이 너무 컸다.

"전략은 어떻게 잡고 계세요?"

"과하지 않게 막는 것."

"무슨 뜻이죠?"

"내치려다 보면 오히려 띄워 줄 수 있거든. 이번에 정계에서 무소속 후보들을 너무 견제했어. 오히려 그래서 대거 등판시켰지."

남을 조롱할 때엔 조심해야 한다. 조롱 받는 사람이 아니라 조롱하는 사람에게 나쁜 심상이 따라붙는다. 때로 경이로울 정도로 바보스러운 사람이 선거에서 이기는 이유는 그래서다.

언어는 흔히 생각하는 것과 달리 그리 좋은 소통 도구가 아니다. 대화를 할 때 실상 의미 전달의 80퍼센트는 표정이나 몸짓 따위의 비언어적 대화가 차지한다. 언어가 전해질 때는 주의를 기울일 때뿐이고 대개의 사람들은 대개의 문제에 주의를 기울이지 않는다.

맥락은 전해지지 않는다. 서술어는 들리지 않고 명사만 들린다. 더 거칠게 말하면 그 명사에 숨은 심상만 들린다.

부정문은 전달되지 않는다. 초등학교 복도에 '뛰지 마시오'라는 팻말을 붙인다 한들 아이들은 관심도 두지 않는다. 그건 아이들이 청개구리 기질이 있거나 말썽꾸러기라서가 아니라, '뛰지 않고 뭘 해야 하는지' 모르기 때문이다.

이 명령을 컴퓨터 프로그램으로 짠다고 생각해 보라. 어떤 천재적인 프로그래머라도 컴퓨터가 '뛰지 말라'라는 명령을 수행하게 할 수는 없다. 컴퓨터는 그 명령을 이렇게 이해할 것이다.

뛰지 마시오 = 아무 명령도 입력되지 않았습니다.

그러므로 이 명령은 다음과 같이 새로 입력해야 한다.

‘뛰지 마시오’ = 이 말이 입력되면 ‘걸어라’라는 명령어로 바꾼다.
　　조건: 복도나 통로처럼 걸을 수 있는 환경일 때에, 또는…….

놀랍게도 이 평범한 명령을 이해하려면 고도의 인지력과 지능, 더해서 인류의 문화와 사회 구조에 대한 경험과 이해가 같이 필요하다. 하지만 어른들은 이를 알지 못하고 아이들이 말을 듣지 않는다고만 생각한다. 하지만 실상 ‘뛰지 말라’라는 말이 상기시키는 생각은 단지 ‘뛰는 것’뿐이다.

그런 의미에서, 이번에 후보들은 선거 내내 자신들에게 독이 되는 언어를 남발했다.

　　아마추어들이 무슨 정치를 한다고…….
　　　어디서 정치도 모르는 것들이…….

‘아마추어’라는 말을 입에 담는 사람은 아마추어라는 심상과 이어진다. 사람들은 ‘저 사람은 왠지 신뢰가 안 가’라고 생각했겠지만 왜 그런 인상을 받았는지는 몰랐을 것이다.

“진보당이 늘 지는 이유지. ‘XX하지 말며’, ‘XX에 반대한다.’라고 하다가 XX만을 기억하게 하거든.”

"그러면 어떻게 싸워요?"

"내 언어로."

신영희는 대답했다.

"내 언어가 장을 지배하게 해야 해. 상대 진영이 만든 단어는 입에도 담지 말고."

"흐음, 이론이야 그렇지만 정말로 이런 일을 해 본 적은 없으시잖아요."

이 시민 후보는 어느 모로 보나 신기했다. 당적도 없고 정치 활동도 변변하게 한 적이 없었다. 농민으로 살았고 아버지 없는 유복자에다 가계에 필리핀 이주민 피도 섞여 있는 모양이었다.

그래도 지역에서는 꽤 알려진 사람이었다. 어릴 때부터 손재주가 좋아 한겨울에 터진 수도관이나 보일러를 고쳐 준다든가, 망가진 농기구며 트랙터를 고쳐 주곤 했던 모양이다. 그런 부탁을 싫은 내색 없이 도맡아 하던 그 친구는 언제부터인가 그게 제 일인양 정기적으로 마을을 돌기 시작했다.

그러다 언제부터인가 마을 상담을 도맡아 하고 지역의 사소한 분쟁을 해결해 주기 시작했다. 다른 마을에서도 찾아오는 사람들이 생겨났다. 천성이 사람을 좋아하는 친구였는지, 집이 매일 손님으로 넘치자 마을에서 돈을 모아 마당이 넓은 집 한 채를 지어 주었다.

그래, 그런 이야기는 있다. 세상이 좀 더 작고 간단했을 시절에는 그런 사람이 족장으로 선출되었을지도 모른다. 사람들이 서로 얼굴을 알고, 아침에 부스스한 얼굴로 일어나 우물가에서 모여 세수하며 빨래를 하고, 같이 밭을 갈고 집을 짓던 시절에는.

하지만 지금은 21세기다. 이런 사람은 어디 지역 신문에 사진 하나 박혀 기사 한 줄 나가든가, TV '아침마당'에 출연해서 눈물 좀 뽑아내는 게 느낌이 맞지. 대선 후보라니.

"알죠, 그럼요."

손녀는 밥을 먹다가 놀랍다는 얼굴로 신영희를 보았다. 신영희가 그 사람을 모른다는 것이 놀라운지, 아니면 알게 된 것이 놀라운지 모를 얼굴이었다.

"저도 지지하는 후보인데요."

하긴 손녀도 10대니 지지할 확률은 높다. 이해는 가지 않지만.

"어째서?"

"그야."

손녀는 조심스럽게 자신을 바라보았다. 눈이 이렇게 말하는 듯했다. '할머니, 할머니. 우린 서로 다른 세계에 살아요. 보는 것이 서로 달라요.'

"대통령감이니까요."

"그걸 네가 어떻게 알아."

식탁에 앉아 스마트폰을 들여다보던 딸이 핀잔을 주었다.

"알아요."

애가 저항했다.

"세상이 어떻게 되려나 몰라. 머리에 피도 안 마른 애가 대선 후보라니. 이래서 10대한테 투표권을 주는 게 아니었어. 어디서 그런 불법 이주 노동자 같은 애를……."

그 친구는 불법 이주민이 아니었다. 필리핀 출신 외할머니부터 한국 국적을 취득한, 엄연한 한국인이었다. 하지만 언론은 교묘하게 이미지를 연결시켰다. 실제 기사에 나온 문장은 대충 이런 느낌일 것이다. '불법 이주민은 아닌 것으로 알려졌다.'

손녀는 입을 다물었다. 손녀 애는 별로 말이 없다. 사실 요새 10대들이 대개 그러하다. 묘한 고요함이 있다.

손녀는 말없이 입술을 내밀어 숟가락 끝에 대었다가 호록 하고 한번에 들이켰다. 신영희는 그 방식이 아이들이 마인드넷에 맛을 '올리는' 방법이라는 것을 알고 있었다. 손녀의 개인 사이트에 접속한 사람은 지금 그 애가 전송한 미역국 맛을 그대로 체험할 것이다.

"홍보를 마인드넷에서 한다?"

신영희는 조교가 정리해 온 자료를 뒤적이며 물었다.

"예. 마인드넷 쓰는 후보가 그 사람밖에 없어요. 마인드넷 쓰는 인구는 백만이 넘는데요. 물론 대개는 애들이지만."

"다른 후보는 왜 안 들어가는데?"

"안 들어오죠."

조교는 당연하다는 얼굴로 어깨를 으쓱했다.

"마음이 읽히니까요. 후보는커녕 웬만한 당원들한테도 전부 접속 금지령이 내려져 있다고요."

마인드넷은 개발 초창기에 접한 적이 있다. 광고 문구 검토 의뢰를 받아 IT 박람회를 돌던 중이었다.

그때 시연자가 건네 준 마인드넷 접속기는 지금처럼 귀 뒤에 붙이는 얇은 칩 같은 모양이 아니었다. 크고 무거운 헬멧을 쓰고 손에는 전선이 주렁주렁 달린 장갑을 껴야 하는 종류였다.

헬멧을 쓰자 사방이 어둡고 잠잠해졌다. 주위가 고요해지고 감각도 둔해졌다. 단순히 눈을 가리거나 귀를 막아서 생겨난 고요함이 아니었다. 감각을 받아들이는 통로 전체가 변한 듯했다.

기다리자니 입맛이 돌았다. 신영희는 누가 입안에 뭘 넣는 줄 알고 저도 모르게 혀를 움직였다. 달콤하다. 바삭바삭. 과자, 새우깡. 새우깡?

신영희가 헬멧을 벗고 보니 시연자가 새우깡을 씹고 있었다. 신영희는 두 사람의 헬멧을 이어 놓은 전선을 물끄러미 바라보았다.

"어떻습니까?"

"재미있네요. 어떻게 하는 거죠?"

"원리 자체는 간단해요. 이를테면, 텍스트 기반 인터넷도 개인 정보를 갖고 있죠. IP, 주소, 주민 등록 번호. 그건 빼내려면 빼낼 수 있고요. VR넷에서 자기 아바타를 움직이려면 뇌파 신호 전체를 서버에 제공해야 하죠. 이 기계는 그 신호를 받은 그대로 다른 사람에게 쏴 주는 거예요."

신영희는 다시 접속해 보았다. 이번에는 좀 더 주의를 기울여 상대의 기분을 들여다보았다. 불안, 피로, 자부심, 새우깡은 물렸음. 저런.

"곧 시청각 이미지도 공유할 수 있게 될 거예요. 제품 광고의 혁명이 될 겁니다."

"흥미롭군요."

남편과 말이 안 통할 때 이 헬멧을 같이 쓰고 대화하면 되겠군. 애가 울면 기저귀 더듬어 보고 얼러 주는 대신 헬멧만 씌우면 되겠군. 애가 마음으로 말해 주겠지. '어머니, 저는 이번에 새로 나온 신제품 분유가 먹고 싶군요. 40도 정도로 살짝 데워서 반 컵 정도 주시면 좋겠습니다.'

그런 생각을 하다가 신영희는 고개를 저었다. 맙소사, 지금 인터넷에 공개된 내 개인 정보만 해도 감당이 안 되는데.

"이거 안 팔리겠네요."

"그래요?"

"자기 마음을 드러내 보이고 싶은 사람이 세상에 얼마나 되겠어요?"

인터넷이 처음 생겼을 무렵에도 누군가는 말했을 것이다. 남들 다 보는 블로그에 제 사생활 기록할 사람이 세상에 어디 있겠어?

신영희는 기계과 대학원생 하나를 물색했다. 초전사의 검을 주니 순순히 대화에 응했다. 신영희가 신작 VR게임에서 한 달을 노가다해서 만든 검이었다.

"온라인 게임과 세상은 비슷한 점이 많아요."

대학원생은 확대경을 눈에 붙이고 납땜기로 마인드넷 송수신기를 지직지직 태우면서 말했다.

"새 기획자가 들어오면 늘 기존 게임을 뒤집어엎으려 하죠. 좀 더 공평하게 밸런스를 맞추면 유저들이 좋아할 거라고 생각해요. 하지만 현실은 말이죠……."

대학원생은 송수신기를 형광등 빛에 비춰 보면서 말했다.

"빗발치는 항의로 유저들이 대거 떨어져 나가서 결국 되돌리곤 하죠."

안다는 생각이 들면 주의해야지. 신영희는 생각했다. 안다고 생각하는 순간 배움이 멎는다. 배움이 멎은 사이에 세상은 변한다. 가르칠 것이 없다. 새파랗게 젊은 놈에게서 배워야 한다. 불안, 두려움, 공허함.

"하지만 그렇다고 가만 내버려 둬서도 안 돼요. 언제나 인플레이션이 치솟아서 신규 유저는 감당도 못 할 게임이 되어 버리니까요. ……자요, 송신기와 수신기를 분리했어요. 송신기에서는 더미 뇌파가 나갈 거예요. 아, 조심하세요. 세상에 하나밖에 없는 거라고요."

"더미 뇌파는 어떤 식으로 나가지?"

대학원생은 자기도 모르겠다는 듯 어깨를 들썩했다.

"누가 그 뇌파를 접하면 어떤 사람이라고 생각할까?"

"글쎄요……. 패턴을 많이 넣지 않았어요. 생각이 없거나 감정이 없는 사람이라고 생각할 수도 있고요."

"이 기계를 대량 생산해서 마인드넷에 상주시키면?"

대학원생은 신영희를 물끄러미 바라보았다. 신영희의 말이 지나가는 말이 아닌 줄을 아는 것 같았다. 실처럼 가느다란 신영희의 인맥을 따라, 그 생각이 나라 정책에 반영될 수도 있다는 것을 아는 얼굴이다.

"사람들이……."

대학원생은 납땜기로 책상을 톡톡 치며 말했다.

"사람에 대한 신뢰를 잃게 되겠죠."

"신뢰라."

"인터넷 초창기만 해도 소통의 혁명이 가져올 찬란한 미래에 대한 희망으로 가득했어요. 집단 지성의 노래를 합창했죠. 그 희망이 사라진 게 언제부터인 줄 아세요?"

"언제부터였는데?"

"나라와 기업이 개입하면서부터요. 공무원과 직장인들이 돈을 받고, 군인들이 상부 명령으로 댓글과 게시물을 퍼붓기 시작하면서부터요. 지금 인터넷에는 텅 빈 죽은 말만 가득해요. 늙은이들이나 남아 있죠."

그래, 그랬지.

더미 뇌파만 내보내는 송신기를 달고 마인드넷에 들어가니 투명 인간으로 강남역을 돌아다니는 기분이었다. 공허한 혼잣말만 반복하는 신영희에게는 아무도 관심을 두지 않았다.

접속자의 개인 사이트에 들어가면 지금 접속 중인 사이트 주인장의 심상을 체험할 수 있었다. 심상의 형태는 제멋대로다. 음식의 맛일 때도 있고, 듣고 있는 음악일 때도 있다. 대개는 정제되지 않은 언어의 다발이 전해져 온다. '공부하기 싫어.', '계약을 이딴 식으로 해?', '육아는 반반씩 하자더니 어떻게 된 거야?', 'A형 혈액이 긴급히 필요합니다.', 'XX회사가 석 달째 월급을 안 주고 있습니다.', '단식 투쟁하던 XX 동지의 생명이 위급합니다.', '오늘 광화문에서는 시위가…….'

도떼기시장 같군. 신영희는 생각했다.

도대체 마인드넷에서 노는 애들은 무슨 생각인지 모르겠어. 제 속내가 다 나가는 건 둘째치고, 온갖 시끄러운 생각들이 통제도 안 되고 흘러들어 오는데.

신영희는 시민 후보의 공식 사이트에 접속했다. 마인드넷에 사이트를 만든 후보는 그 친구가 유일했다.

들어가자마자 눈앞에 풍경이 펼쳐졌다.

머리가 흰 산이 굽이굽이 펼쳐져 있다. 어느 시골 기차역인 듯싶었다. 시야가 물로 씻어 낸 듯 선명했다. 하늘은 희푸른 빛이었고 산야는 누리끼리했다. 가을걷이를 끝낸 논밭이 맨송맨송하게 펼쳐져 있다. 그 위로 차가운 눈이 부슬부슬 쌓인다. 손가락 위로 내려앉았다가 녹아든다. 바람은 차고 시원하다.

　신영희는 당혹스러운 기분으로 주위를 돌아보았다.

　한 사람이 역전 벤치에 홀로 앉아 있다. 그 청년이었다. 10퍼센트의 지지를 얻는 시골 출신 대통령 후보. 사진보다 훨씬 어려 보였다. 허리를 곧게 세우고 앉아 산허리를 바라본다. 추위에 볼이 발갛게 물들어 있다.

“마음을 전부 열어 놓은 거예요.”

　마인드넷에서 빠져나와 정신을 못 차리는 신영희에게 조교가 따뜻한 커피를 주며 설명해 주었다.

　“자기가 겪은 일일 거예요. 아마 회상 중이었겠죠.”

　“그렇게 생생하게?”

　“직접 체험하는 것 같죠. 저도 전에 들어가 보고 놀랐어요. 심상화 능력이 좋은 사람인 것도 같고.”

　“다른 사람도 이러니?”

　“화가나 음악가가 머릿속 작업을 그대로 전해 주는 경우도 있지만, 저 정도쯤 되면 할 수 있고 없고의 문제를 넘어서요. 누가 저렇게까지 자기를 드러내요.”

　“거리끼는 것도 없나? 대선 후보잖아. 작은 흠집 하나라도 있으면 물고 뜯을 놈 천지일 텐데.”

　“친구가 어렸을 때 지우개 하나 훔쳤다고 그 사람과 다신 안 만나겠다는 생각을 해요?”

"친구가 아니잖아."

"거의 친구 같아요. 모르는 사람이라면 신문이 이미지를 만들어 낼 수 있죠. 어디서 비싼 선물 하나 받았다고 매일 신문지상에 수백 차례 오르내리게 만들면 다른 장점은 다 사라지고 사기꾼 인상만 남길 수도 있겠죠. 하지만 이 사람은 그렇게 안 돼요. 우리가 그 사람 인생 전체를 아는데요."

그 풍경의 사연은 이러했다. 역전 근처에서 점원으로 일하던 한 이주 노동자 부인이 가게에서 쫓겨날 처지에 놓였다. 가게에서 쫓겨나면 본국으로 환송될 판이었고, 돈을 보내지 못하면 가족은 거리로 나앉을 판이었다. 어디에도 기댈 곳이 없던 부인은 지푸라기라도 잡는 심정으로 청년을 찾아갔다.

부인의 하소연을 끝까지 들은 청년은 그날부터 매일 역전에 나가 종일 그곳에서 지냈다. 한 달이 지나자 역전에서 그를 모르는 사람이 없게 되었다. 청년은 어느 날 자연스럽게 가게 주인을 찾아가 정중히 부탁했고, 그간 청년에게 이런저런 도움을 받아온 가게 주인은 흔쾌히 부인을 도로 고용했다.

이상한 일화였다. 너무 이상해서 어느 부분에서인가 왜곡되었거나 잘못 전해진 것만 같았다.

청년은 자주 그 역전을 회상했다. 아마도 그 일이 어떤 계기가 된 모양이었다. 한 단계를 뛰어넘은 사건이었다. 마음에서 무엇인가가 변한 것이다.

"이봐, 젊은이, 자네가 괜찮은 사람일지는 모르겠는데."

신영희는 청년의 옆에 앉아 어깨를 토닥이며 말했다.

"사람 하나가 세상을 바꾸지는 못해."

사실이다. 사실이 아니기도 하다.

나라의 대표자는 언어와 같다. 마음의 문이다. 생각의 그릇이다. 대표자가 아무것도 하지 않아도 그 사람의 속성이 국민의 향방을 정한다. 선거일을 중심으로 나라의 지형도는 바쁘게 움직인다. 누가 고개를 빳빳이 세우는가, 누가 기가 죽는가, 누구에게 힘이 모이는가.

청년이 신영희를 돌아보았다. 신영희는 흠칫 숨을 멈췄다. 이런, 내 생각이 완전히 차단되지 않았나 봐. 들키면 안 돼. 교수실을 생각하지 마. 벽을 생각해선 안 돼. 내가 이 녀석을 이길 문구를 찾고 있다는 것도, 내가 감시하고 있다는…… 망했군.

들리지 않는 모양이었다. 들었지만 상관없다고 생각하는 것 같기도 했다. 마음속에서 청년의 목소리가 들렸다.

……저는 세상이 바뀌기를 바란 적이 없어요.

신영희는 헉하고 마인드넷에서 빠져나왔다. 빠져나온 뒤에도 생각이 계속 흘러들어 왔다.

기성세대가 원하는 건 현상 유지가 아니에요. 세상이 자신에게 익숙한 시절로 되돌아가기를 바라는 거죠. 좀 더 거칠고 야만적이었던 시절로요. 하지만 세상은 그대로 두면 변해요. 흘러가고 변화하죠. 난 세상을 그대로 두기를 원해요.

모든 것이 이대로 흘러가기를. 사람들이 다니던 직장을 계속 다니기를, 학생들이 다니던 학교를 계속 다니기를, 오늘 살던 집을 잃지 않기를, 내가 보던 그 강이 그대로 흐르고 그 산야가 계속 푸르기를.

신영희는 땀이 흐르는 이마를 훔쳤다. 그 심상은 거의 자신의 생각처럼 느껴졌다. 흘러들어 온 생각을 떨쳐 내기 위해 한참 동안 방 안을 돌아다녀야 했다.

신영희는 벽을 바라보았다. '테러', '무정부주의자'.

언어는 생각을 담고 마음을 지배한다. 나아가서 세상을 지배한다. 신영희가 일생 닦아 온 학문이다. 그 생각 전체가 이처럼 초라하게 느껴진 것은 처음이었다.

다음 날 그 후보 사이트에 접속했을 때엔 주홍색 컨테이너가 눈앞에 있었다.

컨테이너 뒤로 이순신 동상이 근엄하게 머리를 드러내고 있다. 컴컴한 한밤중에 여섯 개의 화물용 대형 컨테이너가 대로를 막았다. 컨테이너는 어느 그로테스크한 시대의 설치 미술처럼 보였다. 베를린 장벽처럼 사람들이 붙여 놓은 것들로 다시 새로운 설치 미술이 되어간다. 꽃이며 편지, 근조 리본.

단발머리 학생들이 교복을 입고 마스크를 쓰고 지나갔다. 손에는 팻말을 들고 있다. '0교시 반대', '일제고사 반대', '야자를 없애 주세요.' 의사 가운을 입은 사람들은 '의료 민영화 반대' 팻말을 들

고 앉아 있다. '대운하 반대'를 들고 있는 사람들도 있다. 예비 군
복을 입은 청년들이 자경단처럼 돌아다니고 의대생들이 자리를
펴고 혹시나 있을 부상에 대비한다. 기타를 치고 노래하는 사람들
이 있다. 해고에 반대하는 현수막을 몸에 두른 채 누워 있는 사람
들도 있다. 컨테이너 앞에는 한 무리의 사람들이 모여 토론한다.
컨테이너를 넘어가 싸울지, 아니면 이대로 오늘을 보낼지 일곱 시
간째 회의 중이다.

'어떻게 이 풍경을⋯⋯, 이 친구는 그때 태어나지도 않았잖아.'

청년은 광장 한가운데 서 있다. 시간을 여행하는 사람처럼, 다른
시대를 지켜보는 사람처럼.

잠시 뒤에야 신영희는 풍경이 보는 곳마다 미묘하게 각도가 어
긋나 있다는 것을 깨달았다. 여러 방향에서 찍은 사진을 조합한
것 같았다. 수많은 사람의 심상을 조합해 만든 풍경이다. 청년이
질문을 던졌고, 그날을 기억하는 사람들이 모여 자신의 기억을 보
여 준 모양이다. 청년이 이를 보고 자신의 마음 안에서 짜 맞추어
다시 보여 주며 만든 풍경이었다. 놀라운 심상 구현력이었다.

하지만 왜 이곳을 구현했을까.

다른 어느 시위도 아니고 이곳을.

'그때 나도 여기 있었지.'

'나도 있었지.'

모여든 할머니와 할아버지들이 속삭였다.

나도 있었다. 우리 모두가 있었다. 우리 나이대 사람들은 한 번

쯤 오지 않은 사람이 없을 만큼, 그렇게 많이 왔다.

신영희는 그때 열 일곱이었다. 교복을 입고 직접 만든 문구가 적힌 종이를 손에 쥐고 그곳에 나갔다. 계절이 바뀌고 한파가 오고, 기자도 전경도 관심을 끊고, 시위가 줄고 줄어 열 명 남짓한 사람들이 시청 한구석에서 대화를 나누는 형태로 줄어들 때까지도 거기에 있었다.

스무 살이 넘은 뒤로는 그걸 부끄럽게 여겼다. 바보스럽고 무의미한 짓이었노라 회상했다. 하지만 그렇지 않았다.

그날 백만 명이 모였고 한 사람도 다치지 않았다. 쓰레기도 기물 파손도 없었다. 주도자도 지도자도 없는 백만 명의 관중이 모였는데 그들 모두가 자신의 의지로 싸우지 않을 것을 선택하고 돌아갔다. 세계사에 다시없는 풍경이었다. 이 나라의 시위 형태가 그때에 거기서 만들어졌다.

나라에서는 단어를 골랐다. '괴담', '허위 선동', '근거 없는'. 그날 그 자리에 있었던 무수한 것들을 광우병이 진실인가 거짓인가의 문제로 후려치고 축소시켰다.

하지만 그래서는 안 되었다. 그렇게 간단히 한두 단어로 후려칠 일이 아니었다.

그래서 신영희는 언어학자가 되었다. 언어가 그날을 모독하고 현상을 바꾸었기에. 세상을 지배하는 것은 언어고 사람의 마음은 언어에 담기며, 경험은 사라지고 언어만이 남는 것을 뼈저리게 느꼈기에.

신영희는 숨을 몰아쉬며 마인드넷에서 빠져나왔다.

교정 벤치였다. 대학생들이 수다를 떨며 앞을 지나갔다. 어디서 공연을 하는지 음악 소리가 아련했다. 이른 눈이 하늘에서 나풀거리며 떨어졌다.

신영희는 두근거리는 심장을 붙잡으며 하늘을 바라보았다.

그 시절에는 사람들이 계속 죽었다. 자살률이 치솟는다는 말로는 도저히 그 심각성을 설명할 수 없었다. 전쟁보다도 더 많이 사람이 죽었다. 위로도 치료도 수명을 다했다. 젊은이들은 더 이상 결혼하지 않고 여자들은 아이를 낳지 않았다. 아이들은 황야에 버려진 작은 짐승들처럼 슬픔도 없이 목숨을 끊었다. 자신이 늙었다고 느낀 사람들은 그것만으로도 목숨을 끊었다. 아이들은 죽음에 익숙했다. 폭격이 주기적으로 쏟아지는 난민촌에 사는 아이들처럼 죽음을 자연스럽고 일상적인 일로 받아들였다.

하늘에서 눈이 내린다. 손가락에 내려앉아 녹아든다. 소맷자락에 내려앉아 덮는다. 위로하듯 쌓인다.

시베리아의 이누이트는 눈을 수많은 이름으로 부른다. 아푸트(땅에 내려앉은 눈), 아키틀라(물에 내려앉은 눈), 브리클라(단단하게 뭉쳐진 눈), 카피틀라(얼어서 유리처럼 반들반들한 눈), 크리플리아나(새벽녘에 푸르게 빛나는 눈), 소틀라(햇빛을 받아 반짝이는 눈), 틀라잉(진흙에 섞여 지저분한 눈), 틀라파트(소리 없이 내리는 눈), 콰나(펑펑 쏟아지는 눈). 그 언어를 모르는 사람은 며칠째 계속 눈이 왔다고만 말한다. 이누이트는 어제와 오늘이 달랐고, 그제와 *그끄제*는 또 달랐다고 말한다.

언어에 생각이 담긴다.

하지만 만약 다음 세대가 언어를 생각의 도구로 쓰지 않는다면, 더 이상 그릇을 필요로 하지 않는다면, 사람의 마음은 앞으로 어디에 담길까?

인지 언어학은?

인지 언어학? 한가한 소리.

내가 일생 해 왔던 일은? 앞으로 주부 교실에서 강의 한 자리라도 해 먹을 수 있을까? 언어가 세상을 지배하지 않는다면 앞으로 내가 뭘로 먹고 산단 말인가?

신문은, 잡지는, 책은, 출판사는, 작가는, 시인은, 시는, 소설은? 학문은 어디로 가고 강의 계획표는 앞으로 어떻게 짜나? 글밥을 먹고 살던 우리들, 언어로 생각하고 언어에 마음을 담았던 우리가, 다음 세대에 자리를 내주고 물러날 만한 용기가 있을까? 우리는 지나가니, 세상은 이제 너희 것이라고? 말도 안 되는 소리.

마인드넷은 곧 탄압받는다. 곧 위정자들에게 위험천만하고, 불안하고, 세상을 위협할 공간으로 받아들여질 것이다. 아직은 저들이 이곳의 생리를 이해하지 못하지만, 이해하기 시작하면 망치려 할 것이다. 통제하고 감시해야 할 곳으로 여길 것이다. 부자연스럽고 어지러운 생각을 들이부을 것이다. 모든 좋은 가치는 사라지고 짓밟힐 것이다.

신영희는 스마트폰을 꺼내 들었다.

"헌정 사상 초유의 사태예요."

정치인들이 무지 싫어하는 말이다.

"대선이 두 달밖에 안 남았는데 거기 당원 누구도 마인드넷에 접속해 본 적이 없잖아요. 사태 파악을 하는 사람이 하나도 없어요. 정치인이 인터넷의 생리에 무지했던 16대 대선도 이 정도는 아니었어요."

길고 지루한 답변이 이어졌다. 신영희는 이마를 붙들었다.

"보수니 진보니 한가한 소리 하지 마세요. 지금은 다 뭉쳐서 싸워야 해요. 지금 얘네들 놔두면 사회 근간이 흔들릴 거예요."

신영희는 전화를 끊으며 생각했다. 사람이 보수주의자가 되려면, 내게 익숙한 세상이 변하지 않게 하려면, 얼마나 많은 것을 바꾸고, 뒤집고, 뒤흔들어야 하는 걸까.

신영희는 이후 틈이 날 때마다 그 친구에게 접속했다.

눈이 내리는 겨울날 그 사람이 친구들에게 썰매를 만들어 주는 것을 보았다. 나무를 자르고 식칼을 붙여 밧줄을 매는 것을 보았다. 덫에 걸린 사슴을 풀어 주는 것도 보았다. 다리가 불편한 동네 어른을 위해 가볍고 접을 수 있는 휠체어를 만들고는 기뻐서 아이처럼 펄쩍펄쩍 뛰는 모습도 보았다. 월급을 떼인 친구들을 위해 단칸방에 앉아 밤이 새도록 법전을 읽는 모습도 보았다.

"의혹 제기는 통하지 않아요."

조교가 신문과 잡지 표지를 오려 내고 딱풀을 바르는 동안 신영희는 계속 전화를 했다. 조교는 신문에 난 '부패', '썩는다', '곪는다'를 잘라내어 '언어'라는 제목 옆에 붙였다.

"누구든지 접속만 해 보면 거짓인지 아닌지 알 수 있어요. 세금을 안 냈다거나 논문을 표절했다고 한들……."

논문을 낸 적이 없는 사람이지.

"가서 보기만 하면 돼요. 변명이 아니라 정황 전체를 알게 됩니다. 게다가 이쪽은 친구한테 듣는 것처럼 자세히 들을 수 있는데 의혹을 제기한 사람 쪽은 속내를 알 수가 없어요. 완전히 역효과예요."

조교가 '언어' 옆에 빨간 하트를 그려 넣는 동안 신영희는 소리를 질렀다.

"글쎄, 안 된다니까요. 접속할 생각도 하지 말아요. 비리 다 드러나요. ……의원님께 비리가 있다는 뜻이 아니라…… 애초에 의원님이 저 정도로 마음을 공개하면 국가 기밀 다 새어 나가요. 예, 압니다. 저 친구는 공직에 들어와 본 일이 없으니 저럴 수 있죠."

신영희는 머리를 벅벅 긁었다.

"가짜 일화를 뿌려요. 그럴듯한 것을 뿌리고 대중이 열광하게 한 뒤, 그게 거짓이었다고 밝혀요. 몇 번 반복하다 보면 사람들은 자기 눈으로 본 것도 못 믿게 될 거예요. 그리고 착한 사람은 정치인에 어울리지 않는다는 말을 뿌려요. 적당히 흠집도 있고 좀 때 묻은 사람이 대통령이 되어야 한다는 분위기를 만들어요."

틀린 말은 아니다. 맞는 말도 아니다. 하지만 어차피 말은 남지 않는다. 남는 것은 인상뿐이다.

"사이비 교주 같은 느낌을 주어야 합니다. 뭔가 사람을 호도하고, 세뇌시키고, 불안감을 조성할 만한. 교주는…… 아녜요, 긍정적입니다. 무당? 아니, 적절하지 않아요. 샤머니즘, 샤머니스트……."

신영희는 연상했다. 원시인, 아프리카, 빈곤, 내전, 굶주린 아이들.

"샤먼으로 갑시다. 인터넷 포털에 반복적으로 노출하고 연설문에도 한 번씩은 강조하세요. 실시간 검색어 유지시키시고요."

그날 이후로 신영희는 교수실에 틀어박혀 숙식했다. 팀을 꾸려 주겠다는 제안도 팀에 들어오라는 제안도 거절했다. 보안을 위해 자신의 존재가 대선 내내 철저하게 숨겨져 있어야 한다고 주장했다. 그리고 소파에 앉아서 매일 문구를 생산했다.

홍보 전단과 포스터, 현수막마다 신영희의 문구가 으르렁거렸다. 연설문과 칼럼과 기사와 인터넷 댓글에서 신영희의 낱말이 독설을 토했다.

신영희는 그 후보의 있는 결점과 없는 결점을 다 들쑤셨다. 혐오만을 주는 맥락 없는 텅 빈 언어를 양산했다. 마인드넷을 쓰는 사람들을 칭하는 단어를 만들고 그 단어에 모든 괴이한 이미지를 이어 붙였다. 이 선거가 품위 있는 고고한 개인의 지성의 세기를 지키는가, '정신 강간범들'의 반지성주의에 점령당하는가의 기로에 선 전쟁이라고 선포하기도 했다. 온갖 지저분하고 고약한 언어를 선거판에 다 끌어들였다.

속내를 모르는 사람들은 왜 고작 10퍼센트의 지지율을 얻는 후보 한 명이 이토록 화제가 되는지 궁금해했다.

조교가 쾅 하고 자료 더미를 옆에 내려놓았다. 몇 주를 제대로 못 잔 신영희는 멍한 얼굴로 돌아보았다.

자료 제일 위에는 '샤먼'을 헤드라인으로 삼은 신문이 놓여 있었다. 신문 아래에는 '샤먼이란 무엇인가'를 특집으로 삼은 시사 잡지가 있었다.

"본인을 뭐라고 생각하세요?"

신영희는 여성 잡지 에세이, 담화문, 시사 칼럼, 의원 인터뷰를 뒤적였다. 시킨 대로 '샤먼'마다 꼼꼼하게 동그라미가 쳐 있다. 이제 이 단어는 아군뿐 아니라 내 적도 인용한다. '샤먼이라고 중상모략을 하는 사람들', '샤먼이라니 말도 안 되는 소리', '샤먼이면 어쩔 건가'. 이제 그들도 내 프레임에 속한다. 세상이 내 언어를 쓴다.

"사람의 생각을 지배할 수 있다고 생각하세요?"

조교는 화가 단단히 나 있었다.

"설마."

안다고 생각하면 그때부터 위험해지지.

"선거에 변수가 한둘인가. 이건 총력전이고 각자 제 위치에서 열심히 하는 거지. 나는 구상을 할 뿐이고, 쓰는 건 그네들이고."

"그 사람은 좋은 사람이에요."

"나도 알아. 하지만 전쟁에 뛰어들었으면 감수를 해야지."

조교는 입을 꾹 다물고 문을 쾅 닫고 방을 나갔다.

신영희는 벽을 보았다. 이제 저 벽은 자신이 아니면 그 흐름과 관계도를 파악할 수도 없다. 가운데에 자리 잡은 색 바랜 '무정부주의자', '테러'를 중심으로 사방을 '샤먼'이 둘러싸고 있다. 인해전술로 공격하는 군병처럼 어느 자리에든 붙어 있다.

전쟁이라니. 설마. 저들이 적군도 아니고. 이건 그저 고객 유치지.

신영희는 눈 오는 역전에 앉아 있던 그 친구를 떠올렸다. 그 사람의 마음을 자신의 것이라고 상상했다. 그러자 어수선했던 마음이 고요해졌다. 머리에 눈이 쌓였고 어깨에도 내려앉았다. 희뿌연 하늘에서 눈송이가 음악처럼 흘렀다.

∞

"졌네요."

조교의 말을 듣자 긴장이 풀렸다. 벽을 채운 마음의 지도도 같이 쭈글쭈글해 보였다.

"그러네."

신영희는 어째 홀가분한 기분으로 답했다.

"시대는 변했어요. 사람들은 이제 말에 홀리지 않아요. 말장난으로 사람을 지배하려 드는 교수님 같은 분들은 이제 구시대로 밀려날 거라고요."

신영희는 답하지 않았다. 조교는 제 짐을 다 챙겨 들고 승리자처럼 뚜벅뚜벅 걸어나갔다.

마인드넷은 축제 중이었다. 10퍼센트의 지지율에서부터 올라온 당선자의 주위에 수십 수백의 생각이 은하처럼 맴을 돌았다. 당선자는 벌써 일을 한다. 내각에 어울릴 사람을 찾고 할 일을 고민한다.

신영희가 은하의 중심에 다가서자 생각이 흘러들어 왔다. 언어는 선형적이고 독립적이다. 하지만 마음의 대화는 서로 섞였다. 호수에 물이 흘러드는 것처럼.

다양하고 다채로우면서도 질서 있었다. 그 옛날의 종로 거리에서처럼. 자신이 지금 지키는 것이 고귀하고 자랑스러운 것이라 믿는 사람들만이, 삶을 축제로 여기리라 다짐하는 사람들만이 가질 수 있는 생명력으로 넘쳐났다.

그릇이 없으면 물은 어디에 담길까. 담길 자리가 없으면 마음은 어디로 갈까.

물, 계곡, 실개울, 도랑, 낙수, 빗방울, 이파리에서 떨어지는 이슬, 생각의 강이 인파의 계곡을 따라 흐른다. 바위를 휘감고 자갈을 타넘고, 물거품을 일으키며 떨어지고 미끈한 경사면을 내려가며, 모래사장에 머물고 퇴적하며 강으로 모여들고 바다로 흘러간다.

세상이 너무 많이 변하지 않았으면 좋겠는데. 신영희는 씁쓸한 기분으로 생각했다. 얘네들 입장에서야 자신들에게 익숙한 세상이 이어지는 것이겠지만, 내게도 익숙한 수준에서 돌아갔으면.

신영희는 접속을 끊고 소파에서 일어났다.

벽에 다가가 '무정부주의자'에 손을 대었다. 생각은 거기서부터 출발했다. 매직으로 그은 붉고 미끈한 선을 따라, 거미줄처럼 이어진 노선을 따라 심상이 기차처럼 달렸다.

'샤먼'의 폭격 속에 숨겨진 잠재 심상, 선지자, 예지자, 구원자, 구도자, 새 시대, 희망, 빛, 변화, 진실, 거짓 없는 시대, 하나된 마음. 반대로, 조롱과 놀림과 욕설 속에 숨겨 놓은 교묘한 자폭 장치. 도리어 말하는 사람을 비웃게 만드는 심상, 몰락, 위기, 부패, 무너진다. 사라진다.

좋은 심상은 저쪽에, 부정적인 심상은 이쪽에 둔다. 악기를 배치한다. 화음을 듣는다. 오케스트라 지휘자처럼 연주한다. 반대하고 반박하고 지속적으로 언급하며 오히려 주목하게 한다. 말은 남지 않는다. 심상만 남는다.

신영희는 머리를 쓰다듬었다. 보는 사람도 없는데 쑥스럽게 웃었다.

"나 참, 이처럼 멋들어진 패배로 마무리 지은 승리라니."

내 말로써 말의 시대를 저물게 해 버리다니.

나 때문에 이겼다고 할 것도 없다. 누가 모자라서 졌다고 할 것도 없다. 변수는 많았고 나도 그 변수 중 하나였을 뿐이지. 모두가 제 위치에서 할 수 있는 것을 다했고 나도 그랬을 뿐이니까.

신영희는 전장을 함께 헤쳐 나온 동료에게 예를 갖추듯이 벽을 향해 가볍게 허리를 굽혔다.

전혜진

2007년 대원씨아이 이슈 노벨즈 공모전에 라이트 노벨『월하의 동사무소』가
당선되며 작품 활동을 시작했다. 소설집『홍등의 골목』,『아틀란티스 소녀』, 장편 소설
『280일』등을 썼다.

바이센테니얼
비블리오필 _____ 08

인공 지능이 바둑으로 인간을 이긴 것도 이미 178년 전의 일이다. 사람들의 뇌가 네트워크로 연결되고 인공 지능의 보좌를 받게 된 것도 150년을 훌쩍 넘겼다. 하지만 인간은 여전히 인간이다. 기술이 발달하고 새로운 시스템이 도입된다고 해서 모든 인간이 순조롭게 그런 환경에 적응해 나가는 것은 아니니까.

하긴, 3천 년쯤 전의 중국의 어느 현자는 극기복례라는 말도 만들어 냈지만, 그런 좋은 말을 3천 년 동안 보고 배웠다고 해서 과연 대부분의 사람들이 극기복례하는 삶을 살았을까. 그리 생각해 보면 평범한 갑남을녀들이 불과 몇 년 단위로 변화하는 기술들을 바로바로 생활 속에서 업데이트하며 사는 것이 불가능할 수도 있겠지만. 그럼에도 불구하고 윤현은 종종 사람들을 대하며 답답함과 묘한 혐오감을 느끼곤 했다. 그가 아는 많은 이들은, 대부분 자기 앞에 주어진 무한한 가능성을 지닌 기술을 말초적인 자극을 충족시키는 데 쓰는 게 고작이었다. 한때 인간을 달에 보냈던 슈퍼 컴퓨터보다 몇천 배는 빠른 연산을 수행하는 시스템을 경추 아래와 손톱 밑에 이식해 넣고, 기억이나 연산은 인공 지능의 보좌를 받으며 사고 그 자체에만 몰두할 수 있는 현대인이 고작 그 기술로 아침부터 옷 벗기기 고스톱 게임이나 하고 에로틱 홀로그램이나 찾아보고 있다니. 미래는 이미 우리 가까이 다가와 있다지만, 그걸 이용해 먹는 인간이라는 존재가 발전이라는 걸 안 하는 데야 대책이 없는 거겠지.

그런 이야기를 하면, 사람들은 대부분 불편한 웃음을 지으며 이렇게들 말하곤 했다.

"윤현 씨는 너무 냉소적이에요."

어떤 이들은 그런 이야기를 하는 것이 윤현의 직업 때문이라고 쉽게 넘겨짚었다.

"요즘 같은 세상에 전문 사서라니, 그렇게 고리타분한 일을 하니까 그런 생각을 하는 거야."

혹은 훈계하듯, 윤현이 너무 이상이 높고 세상 물정을 모른다고, 고리타분하다고 깎아내리기도 했다.

"윤현 씨는 세상에 윤현 씨만 잘난 것 같죠?"

그도 아니면 인간은 어쨌든 계속 공부하고 사색해야 한다고, 그러지 않으면 생각하는 힘을 잃어버리고 발전을 멈추고 말 거라는 그 말이, 듣는 자신을 겨냥한다고 생각했는지, 지레 불쾌해 하거나 잔뜩 토라진 채 윤현을 질타하기도 했다.

"인공 지능이 인간보다 나은 판단을 하는 세상에, 언제까지 인간에게 공부해라, 공부해라, 그런 말만 하려는 거야. 자동차가 나와도 사람들은 다리가 퇴화하지 않았는데. 23세기가 코앞인 이제 와서 무슨 러다이트 운동 때의 이야기를 하는 거냐고."

심지어는 어머니조차도 윤현을 이해하지 못했다.

"나는 정말 너를 알다가도 모르겠다. 고상한 척은 혼자 다 하면서 욕심은 많고. 그래서 지금 하는 일이, 실업 수당보다 그렇게 돈을 어마어마하게 많이 버는 것도 아니잖니."

어머니의 논리는 그렇게 낯선 것도 아니었다. 윤현은 그가 태어나고 자란 동네에서 유일하게 대학에 갔던 아이였다. 아니, 그 마을에서 윤현 또래의 아이들 중에는 초등학교나마 제대로 나온 아이들도 많지 않았다.

옛날에는 아무리 가난하고 출신이 천한 사람도 자기 자식을 대학에 보내고 공부시키기 위해 혈안이 되었던 시절도 있었다고 들었다. 집안의 전 재산이나 다름없던 소를 팔아 학교에 보내서, 대학을 '우골탑'이라는 이름으로 부르던 시절도 있었다고 했다.

하지만 지금은 그런 시절이 아니었다. 집안의 기둥뿌리를 뽑아 가며 어렵게 돈을 마련해야만 학교에 갈 수 있는 시대가 아니라도, 공부하려고 마음만 먹는다면 누구라도 고등학교까지 졸업할 수 있다고 해도, 의지라는 것이 없으면 사람은 앞으로 나아갈 수 없다. 윤현이 자란 그 동네, 그 산비탈의 가난한 동네 사람들이 그랬다.

나라에서는 의무 교육이 있었고, 교육청에서는 아무리 가난한 집 아이라도 학교에는 가야 한다며 아이들의 등하교를 위해 후추통처럼 생긴 인솔 교사를 보내기도 했지만, 달동네라 불리던 그곳에는 학교가 없었다. 비탈을 내려와 버스를 타고 10분에서 15분 정도 가면 학교였지만, 제 몸만 한 책가방을 멘 아이들에게는 먼 거리였다. 이곳의 아이들은 언젠가부터 학교에 가지 않았다. 어른들은 아이들을 굳이 학교에 보내기 위해 이른 아침부터 수고를 감수하려 들지 않았다. 학교에서 청소부로 일하는 이웃 할머니의 치마꼬리를 붙잡고, 해도 뜨기 전에 학교에 가던 윤현은 이 마을에서는 이해할 수 없는 별종처럼 여겨졌다.

"나는 내 배로 낳았는데도 쟤가 뭘 하는 건지 모르겠어."

심지어 가족들도, 어머니도 어린 윤현을 두고 기막혀 하곤 했다. 어차피 인생은 쉽고 만만한 게 아니었고, 죽을 힘을 다해 노력한다 해서 뭔가 달라질 것도 없었다. 윤현의 노릇은, 그들이 보기에는 부질없는 헛수고에 지나지 않았다. 그 골목의 어른들은 회사 같은 곳에 다니지 않았고, 늘 술에 취해 있었다. 그리고 이 동네의 아이들 역시 자신들과 크게 다르지 않은 삶을 살 거라고 굳게 믿었다. 결국 윤현이 중학교에 가고, 고등학교에 가고, 장학금을 받아 대학에 가서 전문 사서가 될 만큼 시간이 흘렀어도, 사람의 생각이란 쉽게 변하지 않는 것이었다.

명절을 맞아 오랜만에 그 고향에 돌아올 때마다, 윤현은 그 달동네 불리는 마을을 지탱하는 높다란 축대처럼 아득한 절망을 느껐다. 명절 선물을 풀어놓는 윤현 앞에서, 온종일 집에서 술에 취한 채 빈둥거리거나, 혹은 마약이나 게임 아이템을 팔며 살아가던 가족과 이웃들은 미안한 기색도 없이 돈을 요구하거나, 혹은 윤현이 생각하는 미래와는 상관없는 일들을 강요하듯이 떠들어 댔다.

"한 살이라도 어릴 때 아이를 낳아야지. 자식은 많이 낳을수록 좋은 거야. 수당이 더 들어오니까."

"그래, 너도 혼자 잘난 척만 해 봐야, 여자는 늙으면 다 소용없어. 저기 아랫집 애라도 만나서, 속궁합이라도 한번 맞춰 봐. 결혼을 하라는 것도 아니잖아."

"생각 없어요."

"네가 생각이 없으면 어쩔 건데? 너 그 별 쓸모도 없는 대학 나왔다고 이 동네는 이제 우습게 보인다는 거니?"

"그런 말이 아니잖아요."

"수준이 안 맞아서 못 만난다는 거 아니야?"

"저는 아무 말도 안 했어요."

"그럼 너랑 같이 일하는 사람들은 너하고 수준이 맞을 것 같아?"

"저는 아무 말도 안 했는데 대체 왜 그러세요?"

"그런 사람들은 애초에 너처럼 이런 동네 살면서 아득바득 대학 나온 애들 안 만나. 대체 난 네가 무슨 헛꿈을 꾸고 사는지 모르겠다. 그냥 남들처럼 좀 살면 안 돼? 내가 낳은 애인데도 속을 모르겠어. 대체 무슨 생각을 하고 사는 거야."

윤현은 쏟아지는 말들을, 어머니 당신이 무슨 생각을 하는지도 모르는 채 나오는 대로 내뱉는 그 말들을 귀에 담아 두지 않으려 애썼다. 윤현은 눈을 들어 거실 쪽을 쳐다보았다. 의무 교육인 중학교도 다니다 말고, 애 아빠가 누구인지도 모를 아이를 임신해 둘이나 낳아 놓은 여동생과, 이웃집 아줌마의 '사업'을 도와서 게임 아이템을 팔아 보겠다며 온종일 중독자처럼 게임에만 매달려 있는 남동생의 모습이 보였다. 그나마 이 집에 알코올 중독자는 이모밖에 없었으니 좀 나은 편이었다. 문을 열고 골목 밖으로 나서면, 절망한 사람들, AI를 증오하고, 부유하고 교양 있는 이들은 우리와 사는 세계가 다르다며 아예 동경조차 하지 않으며, 아이들을 학교에 보내지 않고, 이 마을을 벗어날 꿈을 어떻게든 주저앉히려드는 어른들이 가득했다. 포기하고 주저앉고 더 이상 앞으로 나아갈 생각이 없는, 그저 오늘 하루하루밖에는 생각하지 않는 듯한 이들. 윤현이 어린 시절을 보낸 이곳은 온통 그런 이들 천지였다.

여기서 벗어나고 싶었다.

처음에는 분명 그 생각으로 시작했던 것 같다. 공부를 하고, 이마을 밖으로 나가고, 다른 사람들을 만나고, 그리고 책을 읽고. 인공 지능이 아니라 자신의 머리로 생각하고 판단하고 골라내고 글을 쓰고. 그렇게 아주 조금이나마, 어릴 때 보았던 것과는 다른 인생을 살아가게 되었다. 그리고 지금은.

"인간이 싫구나."

분명히 달라진 것은 있었다. 어릴 때는 이 마을 사람들에게만 환멸을 느꼈는데, 이제는 마을 밖의 사람들에게까지 환멸을 느끼고 있었으니까. 이 달동네 밖의 사람들 역시, 정도의 차이는 있었지만 그 본질은 크게 다르지 않았다. 물론 그들은 낮부터 술을 마시거나 약물에 의지하지도 않았고, 아이들은 공부를 해야 한다며 매일 학교에 보내고 가정 교사 로봇도 들였다. 사람은 교양이 있어야 한다며 너도나도 경쟁하듯 아이들에게 퍼시픽 계정을 만들어 주고, 음악회나 미술관에 데리고 다녔다. 하지만 그뿐이었다. 먹고 섹스하고 약물에 취하는 것보다는 조금 더 복잡하고 까다로우며 우아한 향락을 누릴 뿐, 그들 역시 생각하는 법을 잊어 가고 있는 것은 마찬가지였다. 인공 지능의 보좌에 거의 모든 것을 맡긴 채 살아가는 사람들이 너무 많았다. 읽지 않고, 쓰지 않고, 생각하지 않고, 매사에 이미 남들이 반응하는 대로만 반응하며 그저 검색할 뿐인 사람들. 호모 사피엔스가 아니라… 윤현은 검색한다는 뜻의 라틴어가 무엇인지 보좌 인공 지능을 통해 검색하다가, 그 단어들에조차 면밀히 조사한다는 뜻이 포함되는 것을 확인하고 한숨을 쉬었다. 스크루토르, 엑스쿠티오, 그 어느 단어에도, 사람의 생각이 배제된 기계적인 검색만을 의미하는 경우는 보이지 않았다.

자신의 의지와 판단으로 선별하는 법을 잃어버린 인간.

그때그때 필요한 것을 보좌 프로그램이 개인 맞춤형으로 연동해서 검색하고 제공하는 것 따위에, 그 사람 개인의 의지가 들어갔다고 생각하고 싶진 않았다.

그런 거라면 인간은 대체 왜 살아야 하는 걸까.

수천 년 전 철학자들이 품었음 직한 의문을 떠올리며 윤현은 한숨을 쉬었다. 그때 그 시절 그리스 철학자들이 살던 무렵에는 40, 50년 정도 살다가 죽으면 오래 사는 것이었다지. 지금은 그 세 배를 넘게 살면서도, 어떤 사람들은 대부분 아무것도 만들어 내지 못하고, 만물의 영장이라는 표현이 우스울 정도로 생각이라는 것을 하지 않고, 그저 생존하고 애새끼를 싸지르고 AI들이 이룩해 놓은 풍요 속에서 향락만 누리다가 죽는다. 그게 사는 걸까. 지구는 차라리 AI에게 넘기고, 인류는 이대로 멸망하는 게 차라리 낫지 않을까. 어쩌자고 이렇게까지 잉여롭고, 지구 환경에 해만 되는 생물군이 다 있는 걸까.

그때 윤현의 보좌 인공 지능인 카테시안이 메시지를 띄웠다.

"너무 걱정하지 마세요. 처음 인터넷이 만들어졌을 때도 그런 고민을 하는 이들은 있었습니다. 그보다는 상담사를 소개해 드릴까요."

"아니, 됐어."

"그리고 고민하고 계셔서 잠시 보류해 두었습니다만, 회사에서 연락이 왔어요."

윤현이 시각을 전환하자, 회사에서 도착한 메시지가 시야에 뿌려졌다.

"이게 뭐야."

윤현은 침을 삼키며 화면을 바라보았다.

"황재윤 씨가 왜?"

황재윤은 퍼시픽의 우수 고객이자, 독자 중에서도 엄선된 독자였다. 퍼시픽의 아시아 지부 마케팅 디렉터이자 전문 사서인 윤현과는 개인적으로 몇 번 메시지를 주고받았던 사람이기도 했다. 황재윤은 작가도 아니고 편집자도 아닌 것 같았지만, 누구보다도 책을 사랑했으며, 깊이 있는 사고를 거듭하며 그 책들을 자신의 피와 살로 받아들이기를 게을리하지 않는 인물이었다.

황재윤은 수시로 책을 사들이고, 매일 같이 책을 읽었다. 가끔은 윤현이 추천한 책에 대해 자신의 코멘트를 덧붙이기도 하고, 심지어는 전문 사서인 윤현이 발견하지 못한 멋진 책을 먼저 찾아 권해 주기도 했다. 윤현은 황재윤과 메시지를 주고받으며, 언젠가 한 번쯤은 만나 보고 싶다고도 생각하고 있었다.

회사는 바로 그런 사람을 의심하고 있었다.

"횡령에 대한 부분입니다."

카테시안이 도착한 메시지에서 중요 부분에 형광빛 마커를 붙이며 대답했다.

"세상에, 200년 동안 한 아이디로 책을 구입하고 계셨군요."

"그게 왜? 평균 수명이 130살인 세상에."

드물지만 200살 넘게 사는 사람도 있었다. 그러니 퍼시픽이 처음 생겨났을 무렵에 가입하여, 200주년이 된 지금까지 책을 구입하고 있는 사람이 없으리라는 법도 없었다. 하지만 카테시안은 심각함을 알리는 청백색 마커를 띄우며 대답했다.

"평균 수명은 127세입니다. 그리고 퍼시픽의 창립은 1994년이죠. 그때는 태어나서 그림책을 볼 월령이 되자마자 퍼시픽의 아이디를 만들던 시대가 아니었습니다."

"그랬나?"

"종이책을 봤으니까요. 무엇보다도 그때 이 지역에는 아직 퍼시픽 분사가 들어가지 않았으니까요."

"아."

그랬을 것이다. 여기 동북아시아 쪽에는 유선 인터넷이 제법 빨리 보급되었다고 들었지만, 그 시절이면 아직 민간인에게는 구시대의 인터넷조차도 보편적이지 않았을 시대였다. 대학에서 연구하는 학자가 아니라면 전화 접속 모뎀을 써서 PC통신을 하는 것이 고작이었으리라.

"대학생이었을까?"

"나이를 최대한 적게 잡으면 18세였을 겁니다. 그보다 어려서 진학했다면 기사 검색으로 찾을 수 있었을 테니까요."

"검색에는 좀 나와?"

"아뇨. 동명이인으로 추정되는 몇몇이 있습니다만 명확하게 특정할 수는 없습니다."

"그래⋯."

"출생 연도별 평균 연령 데이터에 맞춰서 추정할 때, 당시 40대 이상이었던 1950년대 생들은 이미 2030년, 특이점 돌파 이전에 대부분 사망했습니다. 보좌 인공 지능도 수명 개조도 받을 수 없었겠죠."

"그렇겠지. 데이터상으로 가능한 최대가 몇 살이야?"

"18세에서 22세 사이입니다. 스무 살 전후로 봐야겠네요."

스무 살이라고 친다면, 그는 1974년생. 올해로 220살이 된다.

평균 수명의 1.5배를 넘어간 사람.

개조에 따라 불가능한 것은 아니지만, 유전자 레벨에서 개조한 게 아닌 이상, 그 성도가 되면 이미 육체가 사용하기 어려울 정도로 마모되었을 것이다. 그런 몸으로 그렇게까지 오래 사는 것에 의미가 있을까?

"그런데 왜?"

"그분, 이 근처에 사신답니다."

"어, 그래? 자세히 보여 줘 봐."

"대외비랍니다. 그건 회사 와서 보시라는군요."

"너한테는 보여 줘도 되고 나는 안 된다니. 누가 누구의 상사인지 모르겠어."

"인공 지능은 엠바고를 지키니까요."

"닥치고. 그래서."

"아시잖습니까. 반도에서 200살 넘은 노인을 만나는 건 굉장히 드문 일인 데다, 여기처럼 발전되지 않은 기층민 구역은 특히 그렇죠."

기층민 구역.

틀린 말은 아니다. 사실 사람들이 흔히 말하는 '달동네'라는 말보다는 포멀한 단어이기도 했다. 하지만.

"단어 가려 써."

"실례했습니다."

이 지역 출신인 윤현에게는 불쾌하고 쓰디쓴 단어였다.

윤현은 자리에서 일어났다. 그러고는 가족들에게 이만 가 보겠다는 말도 하지 않고 나와서 차를 몰았다. 나태하고 게으른, 적당한 싸구려 기성품의 조각들을 모아 쌓아 놓고, '크리스탈시티'니 '바나나시티', '투모로우시티' 같은 뜬금없이 고풍스러운 이름만 덜컥 붙여 놓은 뻔한 풍경들, 우아하고 고상한 척하지만 결국은 과거의 문화를 답습하는 데만 열을 올리는 사람들의 도시가 눈앞을 스쳐 지나갔다.

진저리가 났다.

∞

"일단 이해가 잘 안 가서 그렇습니다만."

윤현은 상사인 파블로 앞에서 차분하게 물었다.

사실 파블로의 앞에서 차분한 표정을 짓는 것은 쉬운 일이 아니었다. 파블로는 자신과 이름이 같은, 20세기의 천재 화가에 매료되어 있었는데, 그 바람에 자기 얼굴을 정말로 피카소의 그림처럼 만들어 버린 작자였다. 그것도 정기적으로 갈아 끼우는 것을 보니, 얼굴을 무슨 액자 정도로 생각하고 있는 게 아닌가 싶었다.

"황재윤 씨는 퍼시픽의 우수 고객입니다. 매달 120권 가까이 책을 구입하고 있으며 리뷰 또한….”

“그래. 훌륭하지. 너무 훌륭해서 탈이지.”

“뭔가 문제가 있습니까?”

어쨌든, 피카소의 그림이 아니라 평평한 검정 바탕에 노란 점 하나만 찍어 놓고 얼굴이라고 주장하더라도 상사는 상사다. 윤현은 심각한 표정으로 말을 이었다.

“고객이 횡령을 한다는 것이 잘 이해가 가지 않습니다만.”

“일단은 가능성이 있다는 것뿐이야.”

파블로는 깍지를 끼며 윤현을 바라보았다.

“정말 200살 넘게 살고 있을 가능성도 있으니까.”

“죽었으면 사망 신고를 했겠지요.”

“이런.”

파블로가 인상을 썼다.

“그 동네야, 사람이 태어나도 신고 안 하고 죽어도 신고 안 하기로 자자하잖아.”

“그랬습니까?”

“그래. 주는 수당이나 받아먹으면서 온종일 텔레비전이나 보다가, 자기들끼리 눈 맞아서 뒹굴다가 애나 싸지르면서, 거기서 기어 나올 생각도 않으니 짐승이나 다를 게 없지.”

파블로는 중얼거리다가, 윤현의 출신지를 기억해 냈는지 얼른 고개를 돌렸다.

“아니, 자네처럼 뛰어난 사람을 두고 하는 말이 아니야. 노력할 생각이 없는 자들 말이지."

"신경 쓰지 않습니다."

아이를 낳아 놓고도, 윤현이 물어볼 때까지 출생 신고조차 안 했던 여동생 생각이 났다.

출생 신고를 해야 수당을 준다는 말에, 여동생은 그제야 애를 안고 따라나섰다. 혼자 간 것도 아니었다. 애 엄마들 몇 팀을 줄줄이 이끌고 가는 바람에, 그 날 그 동네 동사무소는 퍽이나 분주했다.

윤현이 왜 진작 가서 신청하지 않았느냐고 물었는데, 동생은 할 줄 모른다고, 그런 걸 꼭 해야 하느냐고 되물었다.

수당이 없었다면, 애가 학교 갈 나이가 되도록 아무것도 안 했을 것이다. 틀림없이.

그런 사람들이니, 사람이 죽어도 사망 신고만 안 하면 수당은 계속 나온다고 생각할 수도 있겠지. 사람이 죽었어도 그 아이디로 책을 사면 계속 할인받을 수 있다고 생각했을지도 모르고. 사실 그런 짓을 하기에는, 그 황재윤의 리뷰나 메시지는 참 점잖고 박식한 느낌이었지만, 사람 일이야 알 수가 없는 것이다. 출생 신고와 사망 신고를 하고, 아이를 학교에 보내고, 정부의 지원금을 받기 위해 서류 몇 장에 사인하는 아주 사소하고 당연한 일들이, 어떤 세계에서는 당연하지 않았다. 그 마을 사람들 중 누구도 그런 일에 대해 알지 못한다면, 내 이웃 내 가족 중 누구도 그런 일을 하지 않았다면, 세상에서 다들 당연하다고 여기는 일들은 때로는 외교관이 되기 위한 시험에 합격하는 것만큼이나 낯설고 어려운 일이 되기도 한다. 윤현은 자기가 알았던, 그리고 알고 있는 사람들의 얼굴을 잠시 떠올리며 씁쓸한 표정을 지었다.

"알다시피 책이란 건 소유하는 게 아니지."

파블로가 책상 모서리를 톡톡 두드리며 말하지 않았다면, 계속 그 어두운 생각에 빠져 있을 뻔했다. 윤현은 얼른 그 생각들을 밀어내며 침착하게 대답했다.

"그렇죠."

"사람들이 책을 구입하긴 하지만, 그건 종신 계약을 맺고 장기 대여를 하는 거잖나. 그러니 연령대별 할증, 할인 구간도 있는 것인데."

윤현은 고개를 끄덕였다. 황재윤은 고령 할인 대상이었다. 책을 구입한들 읽을 날이 얼마 남지 않았다는 이유로 100세 이상의 노인은 정가의 50퍼센트까지 할인받을 수 있었다. 게다가 200살이 넘어갔다면 아마도 틀림없이 추가 할인이 있었을 텐데.

"하지만 이런 이유로 건드리는 게, 소문이라도 나면 위험하긴 해요. 고령 할인 이용하는 사람들이야 많죠. 할아버지 명의로 증손자 고손자가 책을 구입해서 읽는 마당에."

"1년에 어린애들 책 몇 권 사는 사람들은 잡는 게 낭비지. 하지만 이걸 그냥 내버려 둘 거야, 어?"

파블로의 인공 지능이 카테시안에게 자료를 전송했다. 윤현은 눈앞에 자료를 펼쳐 보며 숨을 죽였다.

"이런…."

마케팅 디렉터에게, 고객의 개인 정보는 직접 보이지 않는다. 고객이 직접적으로 노출하는 리뷰를 제외하면, 고객의 소비 패턴과 거주 지역, 그리고 어떤 종류의 할증이나 할인을 받는 연령대인가, 그 정도만이 선별되어 보일 뿐. 하지만 지금 파블로가 전송한 것은, 정선된 소비 패턴이 아닌 황재윤의 구매 기록 전부였다.

짐작은 하고 있었지만, 굉장하다는 말로밖에 표현할 수 없었다.

질적으로도 뛰어났지만 양적으로도, 거대한 도서관을 하나 차리고도 남을 만큼이었다.

∞

"그래… 횡령이라는 말이 나올 만한 양이었어."

윤현이 중얼거렸다. 카테시안이 자기도 할 말이 있다는 뜻으로 짧은 비프음을 냈다. 윤현은 카테시안의 요구를 승인하며 이야기를 계속했다.

"그래, 뭐. 그럴 수도 있지. 손자들이 같이 보고 있을 수도 있고. 사망 신고를 하지 않은 채 일가친척들이 다 같이 보고 있을 수도 있는데 말이야. 하지만 그런 것치고는 이상하지."

"보통 그런 상황에서는 단말기를 여러 대 씁니다."

"바이디 인증이 들어가지?"

"예. 협업자나 부계정으로 실제 사용자의 바이디를 넣어서 인증하고 쓰는데, 미성년자는 바이디 없이도 쓸 수 있죠."

"권한에 차이가 있던가?"

"한 사람의 퍼시픽 계정에 대해 바이디를 쓰는 계정 여덟 대까지, 바이디 없이는 네 대까지 협력자를 지정할 수 있어요. 처음에 등록 비용을 조금 내야 하지만, 많이들 그렇게 하죠. 할아버지 할머니의 계정에 손자 손녀들이 등록해서 그림책이나 만화책을 보면 할인이 쎄 되니까요."

"그래, 그런데 혼자란 말이야."

윤현은 미간을 찌푸리며 중얼거렸다.

"어지간한 대학 교수들이 받는 할인보다 더 할인을 많이 받는 건데. 그 정도면 돈을 받고 협력자 계정을 팔 수도 있을 텐데."

"협력자 계정을 거래하면 퍼시픽 계정이 정지됩니다."

"나도 알아. 하지만 그렇게 하는 사람들 은근히 많은 거 알잖아."

이건 일이다.

하지만 윤현은 몸을 배배 꼬았다.

이 시대에 굳이 일을 하는 사람들은 별종으로 불렸다. 그만큼 하고 싶은 일이 있어서라고 받아들이는 건, 소위 '배운 사람들'이었다. 보통 사람들은, 윤현이 나고 자란 그 지역의 사람들은 특히 더, 그렇게 나서서 직장에 다닐 만큼 실현하고 싶은 자아가 있다는 게 말이 되느냐며 비웃었다. 아무짝에도 쓸모없을지도 모른다는 것을 알면서도, 오히려 그 학위 때문에 충분히 먹고 살 수 없을지도 모른다는 것을 알면서도, 잠 줄여 공부하고 새벽같이 학원에서 강사를 하면서도 대학원 공부를 계속했던 21세기 초반 대학원생들도 그런 비웃음을 받진 않았다는데.

상관없었다. 윤현에게는 하고 싶은 일이 있었다. 태어나서 자란 동네에서 보고 들은 모습들보다는 좀 더 나은 삶을 살고 싶었다. 더 많은 것을 알고 더 박식한 사람들과 교류하고 싶었다. 먹고 자고 놀고 쉬는 것보다는, 조금 더 큰 세상에 접속할 권한을 원했다.

퍼시픽의 전문 사서라는 윤현의 직함은, 원하던 세상으로 한 발을 걸쳐 놓을 수 있는 인증서였다. 그 일을 하는 한 윤현은 학자들을, 작가들을, 번역가들과 시인들을, 윤현이 알고 있는 책들의 세계를 쌓아 올리고 가꾸어 나가는 수많은, 지적이고 총명하며 위대한 생각들을 만나고, 함께 일하고, 대화를 나눌 수 있었다. 비록 자신은 그들을 피어나게 하는 배경 중 하나뿐이라는 것을 알고 있었지만, 배경이라도 좋았다. 자신의 출신보다 더 넓고 위대한 세계에서, 그 일부로서 기여할 수 있다면. 그렇게 윤현은 자기 일에 만족해 왔다. 간혹 고민하고 좌절하는 순간들도 있었지만, 갈등은 오래가지 않았다. 윤현은 자신을 인류가 쌓아 온 위대한 지식의 세계에 봉사하는 사람이라고 생각했다. 인간이 점점 더 책을 읽지 않게 되고, AI가 인간의 자리를 85퍼센트 이상 메꾸어 낸 지금, 어쩌면 자신은 인간의 마지막 사서들 중 하나가 될지도 모른다는 생각을 하며 달콤쌉싸름한 감정을 느낄 때도 있었다.

하지만 지금 같은 감정이 든 것은 처음이었다.

"일을 하기 싫으신 건가요?"

카테시안이 조심스럽게 물었다.

"휴가를 내거나 업무 조정을 신청하실 수 있습니다."

"알아."

"인사 고과에 문제없고, 파블로는 까다로운 상사가 아니고, 올해 휴가는 한참 남았으니까 문제도 없어요. 인사계에 접속할까요?"

"아니."

"황재윤 씨에게 정서적으로 유대를 느끼는 것은 예측할 수 있습니다. 만나 보지 않은 타인에 대한 정서적 유대에 대해서는 21세기 초반 SNS가 보편화되었을 때에도 논문이 많이 나와 있었고요. 그 이전에도 편지를 통한 교류에서…."

"유대라든가, 그런 문제가 아니야."

윤현은 희미하게 짜증을 내며 중얼거렸다.

"그냥 그렇게까지 해야 하나 싶어서 말이야."

"횡령이라면 문제가 될 수 있으니까요. 확인해 볼 필요가 있는 것뿐이잖아요?"

"AI는 이런 문제에는 냉정할 수 있어서 좋겠네."

"빈정거리지 마세요. 오히려 이런 일에 사람을 쓰는 것이 회사의 배려니까요."

윤현은 카테시안의 말에 한숨을 쉬었다. 카테시안이 덧붙였다.

"그냥 감정적 유대를 느낀다고 하셨다면 이상할 게 없는 말이었는데요."

그러게, 그러게나.

인간은 언어를 습득한 이후로 거짓말을 밥 먹듯이 한다. 그다지

정이 가지 않는 조카아이를 봐도 그랬다. 딱히 상상력이 뛰어나지도, 영특하지도 않은 아이가 말을 배우자마자 자기가 한 일은 안 했다고 하고, 하지도 않은 일을 했다고 말하기 시작했다. 그리고 그렇게, 크게 해가 되지 않은 거짓말을 하다가 오히려 말이 꼬이곤 한다.

인간은 거짓말을 하지 않기 위해 필사적으로 노력해야 하지만, AI는 거짓말을 하기 위해 연산을 최대치까지 돌려야 하는 존재다. 바로 지금처럼.

∞

처음에는 네트워크로 접속해 보려고 했다. 시각, 청각, 공감각, 그런 것을 상대에게 전달하는 방법은 많고도 많았으니까. 나는 당신의 적이 아니에요. 당신과 이야기를 나누고 싶은 것뿐이에요.

그런 감정을 전달하기에 텍스트는 너무 부족하고 무미건조했다.

수많은 소설을 읽을 때 떠올렸던 이미지들, 작가의 생각을 이해한다고 믿었던 순간들, 그리고 황재윤이 보내오는 리뷰나 메시지를 읽을 때 느꼈던 풍부한 감정들은 어디서 온 것일까. 뇌가 만들어 낸 환상이었을까. 황재윤이 누구인지, 어디 사는지, 몇 살인지, 그런 것은 생각하지 않은 채로, 그저 소설 속 주인공의 이미지를 떠올리듯이 혼자 멋대로 상상해서 만들어 낸 황재윤이라는, 점잖고 지적인 사람의 모습에 그의 글을 덧입히면서, 그의 감정을 알고 이해한다고 멋대로 착각해 버린 것은 아니었을까.

어떻게 해야 전할 수 있을까.

당신을 해치려는 게 아니라고, 회사에서 당신에 대해 확인해 보고 싶어 한다고. 그리고 그런 회사의 지시와 상관없이, 나는 당신에게 개인적으로 관심이 있다고. 만나고 싶다고. 이야기를 나누고 싶다고. 그런 감정을 담기에 텍스트란 얼마나, 제한된 것인지. 윤현은 살아 있는 내내 이 안에 빠져 살다가 아무도 모르게 죽어도 좋다고 생각했던 이 텍스트의 세계 안에서 태어나서 처음으로 혼란을 느꼈다.

"그냥 업무용 메일을 쓰세요. 지금 쓰시는 건 연애편지…."

카테시안의 메시지를 뮤트했다. 내버려 뒀다간 또 무슨 말을 할지 몰라서. 옛날 사람들은 자신이 직시하고 싶지 않은 진실, 좀 부끄러운 마음이나 적당히 뭉개서 감추고 싶은 것들이 백일하에 드러날 때 '찔린다', '아프다'고 하고, 누가 그런 것을 굳이 짚어 말하는 일을 '팩트 폭력'이라고 부르기도 했다. 인간에게는 진실을 드러내는 일이 폭력적이도록 아플 지도 모르지만, AI에게는 그저 기본적으로 구현되는 기능이었다. AI들은 인간의 작은 실수도 잊어버리지 않고, 심박과 체온, 호르몬의 조성, 그런 것으로 통계화하여 읽어 낸 감정의 변화를 그대로 노출시켜 버린다. 가끔은 괴로울 정도로.

단어를 고르고 고르다, 마침내 자포자기하는 마음으로 대충 휘갈긴 메시지를 전송했다.

새벽이었는데도, 답신은 순식간에 도착했다.

몸이 불편해 밖에 나가긴 어려우니 집으로 와 줬으면 한다고, 내일 오후 1시부터 저녁까지 시간을 비워 두겠다고.

∞

"그렇게 고쳤다 썼다 하시더니 결국 보내신 메시지는 꽤 평범했네요."

카테시안은 계속 메시지를 띄우며 즐거워했다.

"묻지도 않는 이야기는 적당히 넘겨 줬으면 좋겠는데."

"하지만 황재윤 씨에 대해서는 늘 반응이 다채로웠거든요. 당신의 심리 상태도 제 관찰 대상이니 관심을 가질 만하죠."

"궁금했던 거야?"

"어느 정도는요."

"구체적으로."

"30퍼센트 정도요."

"저런."

그들에게도 영혼이 있을까, 영혼이 인간을 인간답게 만드는 것이 아닐까, AI의 연산력과 기억력은 지금까지 지상에 존재했던 어떤 존재의 뇌보다도 뛰어나겠지만 그렇다고 해도 영혼도 없고 진정한 즐거움도 느낄 수 없는 그들이 인간보다 우월한 것은 아닐 것이라고 말하는 이들은 많았다. 옛날 사람들은 아무리 AI가 발달해도 인간을 따라잡을 수 없는 부분이 있을 것이라고, 그 부분이 바로 영혼일 것이라고 믿었던 것 같다. 사람이 아무리 똑똑해도 치타처럼 빨리 달릴 수 없고, 새처럼 하늘을 날 수 없듯이.

하지만 사람들은 또다시 망각했던 것 같다. 사람은 결국 기술을 사용해서, 치타처럼 빨리 달렸고, 새처럼 하늘을 날았고, 지상의 어떤 생물도 가 보지 못한 세계, 우주를 향해 날아가는 데 성공했다. 인간의 역사이고 과학의 성취였다.

사실은 그러니까, 인간이 달에 처음 발을 디딘 순간에 사람들은 알았어야 했다. 영혼 같은 것에 대체 무슨 가치가 있는지. 아니, 애초에 영혼이라는 실체 없는 무언가가 정말 존재하긴 했던 것인지에 대해, 생각하고 또 생각했어야 했다. 그때 수습하질 못했으니까 아직도, 지금에 와서도, 인간의 영혼에 대해 진지하게 말하는 사람들이 한 떼를 이루는 거다. AI가 벌어 오는 돈으로 기본 소득을 받고, AI가 만들어 내는 물자를 입고 쓰고, AI가 없이는 한시도 살 수 없는 기생충처럼 되어 버린 사람들이, 어리석게도.

"카테시안."

"말씀하세요."

"네겐 영혼 같은 건 없어. 그렇지?"

"그런 게 필요한가요?"

"아니."

윤현은 희미하게 웃었다.

"난 인간의 영혼도 믿지 않는데, 뭐."

"다행이네요."

"지도 좀 띄워 봐."

"이쪽이에요. 보좌 화면을 설정하지요."

시야 위로 지도가 떠올라 현실 위로 겹쳐졌다. 골목길은 좁았다. 익숙하고 천박한, 자신이 어린 시절을 보냈던 구역에서 그리 멀지 않은 곳의 산동네의 가파른 계단을 밟아 오르며, 문득 윤현은 어째서 아직도 이런 동네들이 남아 있는지 의아해했다. 적도의 하늘 위로 궤도 엘리베이터가 거대한 호를 그리고, 리프트가 에베레스트산 정상까지 연결되고, 지구의 지모신을 믿는 종교 단체에서 우울증에 걸린 사람에게 마리아나 해구 밑에서의 명상 수련을 권하는 세상에, 어째서 이렇게 근육이 팽팽하게 긴장되도록 걸어 올라가야 하는 산비탈의 마을은 남아 있는 것일까. 미로를 헤매듯, 타임머신을 탄 듯한 기분으로 윤현은 걷고 또 걸었다. 한여름에는 습기 찬 더위에 사람이 산 채로 익어 가고, 한겨울에 눈이라도 오면 비탈길이 얼어붙어 학교조차 갈 수 없었던, 자신이 태어나고 자란 동네와 무척이나 비슷한 그곳을, 윤현은 머리가 멍해지도록 걸으며 생각했다.

황재윤이라는 사람은 어떤 사람일까. 정말로 200년을 넘게 산 사람일까. 200년 동안 퍼시픽의 회원으로 책을 구입하며 살아온 사람이라니. 윤현은 내심 그가 사기꾼일까 봐 걱정이 되었다. 한편으로는 정말로 그가 한 번도 만나 본 적 없는 경이로운 존재일 것 같아 몸이 떨렸다. 어느 쪽이라도, 눈앞의 화살표가 가리키는 대로 걷고 또 걷다 보면 답이 나올 것이다.

∞

　문이 열리고, 나온 것은 체구가 자그마한 의체였다.

　어차피 의체는 귀와 손바닥에 인간이 아닌 의체라는 표시를 하
도록 의무화되어 있어서 육안으로 알아보지 못할 이유가 없었지
만, 이 정도면 귀나 손을 보지 않고도 10미터 밖에서도 인간이 아
니라고 바로 알아볼 수 있을 정도였다. 의체는 그만큼 낡은 고물
이었다. 낯이 익다 했더니, 윤현이 어릴 때 동네 구멍가게에 앉아
있던 바로 그런 모델이었다. 소위 깡통 로봇이라 불리던 바로 그
런 형태의 의체는 윤현을 향해 고개를 끄덕여 보였다. 윤현은 순
간 멍한 표정을 지었다.

　"저, 여기 황재윤 씨 댁이….

　"예."

　투박한 기계음이 났다.

　"약속을 했어요. 저는 퍼시픽에서 온 사람입니다."

　"예, 온라인에서는 자주 뵈었죠.

　의체가 대답했다.

　설마 이 깡통 로봇형 의체가, 황재윤이라고?

　황재윤과 메시지를 주고받을 때마다, 클래식 음악과 앤틱 찻잔
이 어울리는 중년, 혹은 고상하게 나이 든 노인을 상상했던 윤현은

입을 딱 벌리고 말았다.

"앉으시죠. 집이 많이 누추합니다만….."

억양이 약한 기계음은 윤현에게 자리를 권했다. 윤현은 주춤
거리며 의체가 가리키는 대로 바닥에 앉았다. 그리고 눈을 깜빡
였다.

시선에 닿는 모든 자리에 오래된 책들이 쌓여 있었다.

모두가 단말기로 책을 읽는 시대에 이렇게 한 자리에 많은 종이
책이 쌓여 있는 모습을 직접 목격하는 것은 퍼시픽의 사서인 윤현
에게도 드문 일이었다. 테이블 위에는 퍼시픽의 신품 단말기가 한
대 놓여 있었다.

그리고 좁은 방 안쪽에 사람 한 명이 들어가 누울 만한 크기의
불투명한 유리관이 보였다.

연명 장치였다.

윤현의 눈이 의체의 발목 쪽에 머물렀다. 의체는 마치 족쇄 같
은, 굵직한 튜브를 발목에 매달고 있었다. 그 튜브는 의체의 다리
를 타고 올라가 옷 속으로 사라졌다가, 다시 목 뒤로 빠져나와 뒤
통수에 연결되어 있었다.

"이건….."

사고나 자살이 아닌 이상, 사람들은 의학의 도움을 받아 130년
가까이 건강하게 살 수 있다. 살다 살다 더는 보수가 불가능해진
육체를 포기해야 하는 순간이 오면, 대부분은 고통 없는 안락사를
택했다. 대부분은 그것으로 끝이었고, 어떤 이들은 그동안 축적한

지식과 사고의 알고리즘을 포함한 의식을 네트워크에 업로드하여, 거대한 세계의 일부로 살아남았다.

"대체 어떻게…."

"이 튜브 때문에 나갈 수가 없었습니다."

의체는 차분하게 대답했다. 자연스러운 표정을 만들기에는 많이 부족한 의체가, 희미하게 미소 짓는 듯 느껴졌다.

"저 몸뚱이를 두고는 어딜 갈 수가 없어서 말이죠."

기괴했다.

200년 이상 된, 부모에게 물려받은 유기물 덩어리에 숨만 붙여 놓은 채, 그러면서도 여전히 생체의 뇌가 의체를 유선으로 조종하는 이 상황은 분명히 정상이 아니었다.

"퍼시픽에서 궁금해하시던가요. 어떻게 200년 동안 퍼시픽의 회원일 수 있는지…."

"예, 실은 그렇습니다. 그래서…."

"200살이 넘게 몸을 살려 두는 것이야, 현대 의학의 도움을 받으면 불가능한 일은 아니지요."

미쳤어.

침이 말랐다. 등줄기가 오싹했다. 숭배와 동경에 가깝던 감정이 공포가 되는 것은 순식간이었다. 교감 신경이 활성화되고, 간뇌에서 위험 신호가 울려 퍼졌다. 카테시안은 머릿속에서 즉시 이 자리를 떠나라고 경고를 울리기 시작했다. 카테시안이 있는 이상, 설령 공포로 머릿속이 새하얗게 되어 버려 아무 판단을 할 수 없다

해도, 억지로 몸을 움직여 도망치는 것은 가능했다. 하지만 윤현은 자신의 몸을 일으켜 세우려는 카테시안을 제지했다.

당장에라도 도망치고 싶을 만큼 무서웠다.

하지만 알고자 하는 욕망은 언제나, 언제나처럼 더 강했다.

"그… 구입한 책들은 모두 읽으시는 거죠?"

"온종일 집에 있으니, 책 읽는 것으로 하루가 다 가곤 하지요."

의체는, 아니 황재윤은 대답했다.

"200살이 넘어가자, 퍼시픽의 추가 할인율이 더 커졌어요. 덕분에 큰돈 들이지 않고, 책을 계속 읽을 수 있어서 늘 고맙게 생각합니다."

억양 없는 기계음이지만, 조금은 감정이 담겨 있는 듯 느껴졌다.

문득 깨달았다. 그의 글말이구나. 그가 동경했던, 황재윤이 쓰던 리뷰의 말투가 바로 이랬다. 나이 든 사람이 차분하게 말을 거는 듯한 그런 말투. 고상한 글말은 결국, 단정한 입말에서 나온다. 인간이 아니라고 온몸으로 말을 하는 이런 의체의 음성에서 어느 순간 나이 많은 현자와 대화하는 듯한 느낌을 받게 하는 것은, 그 알맹이가 여전히 품위를 잃지 않은 인간이기 때문이리라. 윤현은 가만히 황재윤의 의체를 바라보았다.

"실례지만… 어째서 이런 일을 하시는 거죠?"

"살고자 하는 것 말인가요."

윤현은 고개를 끄덕였다. 결국 자신의 질문은, 왜 그렇게 악착같이 목숨을 연장하려 하느냐는 말에 지나지 않는다는 것을 깨달은 것은 다음 순간의 일이었다. 명치가 뜨끔거렸다.

"당신이라면 알 겁니다."

"제가 안다고요?"

"알고 싶기 때문이죠. 더 많이."

"……."

"그리고 다른 한편으로는, 이제는 책을 가질 방법이 이것뿐이기 때문일지도요."

의체가 희미하게 고개를 틀었다. 뭔가 생각하는 듯, 쓸쓸한 듯 지난 시절의 영상에서 볼 수 있었던, 단아한 중년 여자의 몸짓 같은 것이 느껴졌다. 윤현은 그에게서 자꾸만 살아 있는 사람을, 건강한 육체를 가진 중년의 모습을 읽어 내려는 것을 멈추려 애쓰며 차분히 물었다.

"지금도 퍼시픽에서 책을 구입하고 계시잖아요?"

"그건 구입이 아니에요. 빌리는 거지."

"예?"

"사망 신고가 들어가면, 그 사람의 퍼시픽 계정은 폐쇄되죠. 단말기에 들어 있는 책은 계정이 폐쇄된 즉시 읽지 못하는 암호화된 텍스트 덩어리로 바뀌어 버립니다. 이건 구입하는 게 아니에요. 살아 있는 동안 빌리는 것뿐이죠."

"하지만…."

윤현은 마른침을 꿀꺽 삼켰다.

"의식을 업로드할 수도 있잖아요."

"있기야 하지요."

"비용이 걱정이시라면… 저 연명 장치를 유지하는 비용이면 업로드도 하실 수 있고, 거기선 해당 개인에 한정해서, 생전에 구입한 책들을 무제한으로 읽으실 수 있어요. 선생님께서는 대뇌에 직접 연결하는 방식보다는 단말기를 통해 책을 읽는 방식을 선호하시는 것으로 알고 있는데, 역시 의식 상태에서는 시각을 거치지 않으니 더 편리하기도 하고…."

"편리하다는 게 반드시 좋은 것은 아니니까요."

답답했다.

보좌 AI들끼리 접속하면 지금 황재윤이 느끼는 감정을 그대로 전달받을 수도 있을 텐데.

하지만 황재윤은 그런 식으로 감정을 전달할 생각은 없는 듯 보였다. 애초에 그런 것을 선호하는 사람이었다면, 이런 구형 의체와 죽어 가는 몸을 연결한 채 달동네에 숨어 살지도 않을 것이다. 누구보다도 깊은 지성을 갖춘 사람이라고 생각했던 황재윤은 2194년, 23세기를 코앞에 둔 지금까지도 여전히 200년 전, 아니 2030년 무렵에 묶여 있는 듯 보였다.

미친 사람이다. 이런 사람과 계속 이야기를 나누는 게 의미가 있을까? 황재윤은 자기만의 세계에 갇힌 채, 그저 책을 읽고, 읽고, 읽고 또 읽으며, 그저 책을 읽고 생각하는 것 외에는 아무것도 상관없다는 듯이 살아가는 존재였다. 그의 방대한 독서에 감탄했고, 그의 리뷰에 감동했지만, 그것은 고전 문학을 읽을 때 느끼는 감정과 비슷한 것에 불과했다. 그는 현재를 살지 않았다.

　지금 상황은, 하여튼 일 때문에 나온 것이니까, 윤현이 따로 명령하지 않았어도 카테시안이 기록을 남기고 있을 것이다. 그 기록이면 충분할 거다. 윤현은 사무실에 돌아가 파블로에게 이 상황을 전달할 것이고, 그러면 이 난감한 업무는 끝난다.

　연명 장치에 밀어 넣었든 어쨌든, 그 연명 장치에서 끄집어내는 것만으로도 10분 안에 사망할 것이 틀림없다고 해도, 일단 생명 활동을 하는 몸을 가진 이상 황재윤은 법적으로 온전히 사망했다고는 할 수 없었다. 무엇보다도 그의 뇌만은, 그러니까 이 시대에 무슨 2차 세계 대전 때나 썼을 법한 거창한 유선 케이블로 의체와 연결하고 있는 그 뇌는 분명히 활동하고 있었으니까. 하긴, 산송장이나 다름없는 몸에 이렇게 책을 읽고 글을 쓰고 할 말 다하며 활발하게 움직이는 두뇌라니, 그 정도면 다소 미쳤다고 해도 상황 자체는 성공적이지. 하여튼 그의 몸은 아직 살아 있으므로, 퍼블릭은 그의 계정을 폐쇄할 수는 없을 거다. 그에게 지금까지 주었던 혜택에 대해 비용을 청구하기도 어려울 것이다. 주주 총회를 열고, 앞으로 이런 경우에 대해 어떻게 대응할 것인가에 대해 새로운 규정들을 산더미만큼 만들어 내긴 하겠지만, 어쩌면 방송사를 불러 〈믿거나 말거나〉 같은 것을 찍을지도 모르지만, 적어도 그건 윤현과는 상관없는 일이다. 그러니까.

　"예전에 나는, 글을 쓰는 사람이었어요."

　그러니까, 황재윤이 무슨 소리를 하든 귀를 열지 말고, 현혹되지 말고, 그저 일어나서 뒤돌아 걸어 나가면 될 일이다. 200년 동안 살아온 두뇌가 하는 말이 궁금하긴 했지만, 윤현의 머릿속에서는 계속 경보가 울리고 있었다. 그만두라고, 정신 차리라고, 모든 공포에는 이유가 있는 법이라고.

"PC통신 때부터, 인터넷을 거쳐서 지금까지, 계속 책을 읽고, 리뷰를 했지요. 그 일로 먹고살기도 했어요. 사람들은 바쁘고, 모든 책을 읽을 수 없으니까. 누군가가 골라 주는 책을 읽고, 더러는 그 골라 놓은 책으로 알맹이만 쏙쏙 뽑아서 떠다 먹여 주는 게 필요하기도 하니까."

저건 허깨비라고.

"아마 당신이 하는 일과 많이 다르진 않을 거예요."

다르다고, 분명히 다르다고.

"세상에 없는 새로운 것을 만들어 낼 수는 없었지만, 그래도 책을 읽는 게 좋았어요. 무언가를 알게 된다는 게, 내가 만나 볼 수 없는 세상들을 만난다는 게."

그 말에 동조하지 말라고.

"한없이 기쁘고, 또 사랑스러웠죠. 작은 고시원에서, 원룸에서, 가난한 책꽂이를 책으로 채워 가면서. 하지만 어느 날, 깨달아 버린 거예요."

자기도 모르게 고개 끄덕이지 말라고. 끌려가지 말라고.

"인간의 수명이 80세라면, 나는 앞으로 얼마나 더 많은 책을 읽을 수 있을까."

그와 내가 사실은 닮았다는 것을, 그렇게 간단히 인정해 버리지 말라고.

"언젠가 죽는다는 것은 그렇게 두렵진 않았어요. 내가 두려웠던 건… 남아 있는 인생을 다 바쳐도 읽을 수 있는 책에 한계가 있다는 그 사실이었지요. 나는 더 많이 알고 싶고 읽고 싶은데…."

"그래서… 이런 방법을 쓰신 건가요?"

"그래요. 당신이라면 알겠죠? 뇌에 텍스트가 바로 입력될 때와 달리, 눈을 움직여 물리적인 소화 과정을 거치면서, 소위 '행간을 읽는' 과정이 추가된다는 것을."

"알죠…."

"그래서 의체를 쓸 수밖에 없었던 거랍니다. 내 눈은 특이점을 넘어설 무렵에는 이미 녹내장으로 한쪽이 실명된 상태였으니까."

∞

처음으로 포크와 나이프를 써서, 제대로 식사를 했던 때가 기억났다.

어렸을 때가 아니었다. 대학을 졸업하고도 한참 뒤의 일이었다. 반짝이는 은식기, 한두 입 정도로 작게 담겨 나온 오르되브르, 카트에 실려 나온 수십 가지 치즈와 화려한 디저트. 제대로 된 프렌치 레스토랑의 풍경은 책 속에서 하도 많이 읽어서 눈을 감고도 그려 볼 수 있었지만, 그곳에 발을 들여놓는 데는 28년이라는 시간이 필요했다. 그나마도, 퍼시픽의 입사 최종 면접 대상자는 비공식적인 면접의 일환으로 매니저와 디너를 함께 한다는 말을 듣고, 없는 돈을 털어 부랴부랴 예행 연습으로 먹으러 갔던 것이라, 음식 맛 같은 것은 하나도 기억나지 않았다. 나이프와 포크를 순서대로 쥐기 위해 잔뜩 긴장하던, 그곳의 모든 사람들이 자신을 쳐다보며 비웃을 것만 같은 생각에 잔뜩 어깨가 움츠러들어, 대학 동기가 빌려준 원피스에 음식을 쏟고 만 자신의 한심한 모습만이 기억날 뿐.

그럼에도 불구하고, 언제나 모르고 부족한 자신이 수치스러워도, 모르는 것을 인정하지 않는 것보다는 낫다고 생각했다. 더 알고 싶었다. 더 읽고 싶었다. 더 배우고 싶었다. 탐욕스러울 만큼 많은 것을 빨아들였다. 그래야만 태어난 곳에서 벗어날 수 있다고 생각했으니까. 하지만 분명한 것은, 아무리 여기서 벗어나길 원한다고 해도, 여기의 무언가는 여전히 윤현의 몸 어딘가에 묵직하게 매달려 있었다. 더 높은 곳을 보고 싶었지만, 아무리 까치발을 서도 더는 넘겨볼 수 없는 곳이 존재했다.

태어나길 잘못했다는 생각을 가끔 했다. 기어오른 곳의 어느 순간엔가, 입산 금지 센서가 깔린 듯이 더는 올라갈 수 없는 지점을 만날 때마다 무릎이 꺾이는 느낌이었다. 그래서 차라리 일찍 죽고 싶었다. 어리석도록 한심한 소망으로.

"윤현."

카테시안이 조심스럽게 윤현을 불렀다. 윤현은 어스름이 내려 앉은 달동네의 비탈길을 조심조심 내려가다가 문득 걸음을 멈추었다.

"말해 봐."

"영혼을 믿지 않는다고 했죠."

"응."

"당신이 믿지 않으니까 저도 그래요. 합리적으로 증명할 방법이 없으니까요."

"응."

어쩐지, 카테시안이 무슨 말을 하고 싶은 것인지 알 것 같았다.

나이가 들고, 눈이 멀어 가고, 이런 달동네에서 연명만을 계속하면서도 살아가고자 하는 마음과, 그렇게 살려 낸 목숨 전부를 쏟아붓고 싶은 그 갈망에 대해서.

"그 사람은 말이야, 자기가 행복하다고 했어."

윤현이 중얼거렸다. 이해할 리 없는 그 광기를, 온전히 이해하는 자신을 납득하려고 애쓰면서. 대부분의 생산을 AI가 도맡고 있고, 인간이 할 수 있는 일은 15퍼센트도 남지 않은 이 세상에서. 인간을 대신하여 AI가 연구를 하고, 기존의 패턴을 조합하여 소설을 쓰고, 기존에 나오지 않은 패턴을 찾아 진부한 패턴 위에 살을 덧붙여 가며 음악을 만드는, 창조의 영역까지도 AI에게 반 이상 자리를 내어 준 채로, 그들에게 사육당하는 것이나 마찬가지로 먹고 자고 쾌락에 빠져 사는 인간들의 시대에, 오직 알고자 하는 욕망으로 고통스러운 삶을 이어 나가는 인간이 존재한다는 것을, 어째서인지 희망처럼 받아들이는 자신에게 당혹감을 느끼면서.

"그럴 리가 없잖아."

"안심하고 있잖아요."

"카테시안."

"바이탈은 거짓말을 하지 않아요. AI처럼요. 사람의 몸은 우리와 비슷하죠. 거짓말을 하기 무척 어렵다는 점에서요."

"그래…."

"하지만 사람의 마음은 거짓말을 하죠. 그를 부정하는 당신처럼, 행복하다고 말하는 그 사람처럼."

카테시안의 말 그대로였다.

인간은 숨 쉬듯이 거짓말을 할 수 있다. 아주 사소하고, 하나하나 맥을 짚으면 결코 수습도 하지 못할 그런 거짓들이, 모순들이 얽히고설켜 한 사람을 쌓아 올린다. 거짓을 말하는 것과 진실을 말하지 않는 것의 가닥 사이에서, 아슬아슬 줄을 타며 살아왔던 윤현이 문득 한숨을 쉬었다.

"모든 산을 오르고 싶은 마음을… 왜 모르겠어."

"정말로 영혼이 없다면."

카테시안이 윤현의 시각 위로 물음표를 가득 띄우며 속삭였다.

"어째서 인간은, 모든 산을 오르고 싶어 하는 것일까요. 자신의 가용 범위를 넘어서라도."

윤현은 대답하지 않았다.

그보다는 이제 정말로 고민을 해야 할 때였다.

파블로에게 황재윤에 대해서 어떻게 설명을 해야 할지를.

더 많이 알고 싶고 읽고 싶고 느끼고 싶은 그 마음과, 책에 대한 집착과 소유욕에 대해서. 이제는 지난 시대의 유물이 되어 버린, 그 집념이라는 것에 대해서. 오직 그 집념을 이루기 위하여, 숨만 붙은 채 2백 년을 살아온 한 몸뚱이에 대해서. 대체 어디서부터 설명할 수 있을까.

가슴이 뛰었다.

조금은 특별한 소통을 꿈꾸는 당신에게

■ 첫 번째 만난 작품, 「침묵의 미래」

"그는 자기 삶의 대부분을 온통 말을 그리워하는 데 썼다. 혼자 하는 말이 아닌 둘이 하는 말, 셋이 하면 더 좋고, 다섯이 나누면 훨씬 신날 말. 시끄럽고 쓸데없는 말. 유혹하고, 속이고, 농담하고, 화내고, 다독이고, 비난하고, 변명하고, 호소하는 그런 말들을⋯⋯"

나와 같은 언어를 사용하는 사람이 이 세상에 단 한 명도 없는 순간을 상상해 본 적 있나요? 언어학자들은 2100년이 되면 현존하는 언어의 절반이 소멸될 것이라고 예측합니다. 이에 대응하기 위해 유엔은 2022년부터 2032년까지를 '세계 토착어 10년'으로 선언하여 토착어 보존과 발전을 위한 국제적 협력을 촉구하고 있습니다. 언어에도 탄생과 죽음이 있다면 그 삶은 어떤 모습일까요?

이 작품의 '나'는 하나의 언어가 사라진 순간 그 말에서 빠져나온 영靈입니다. '중앙'은 사라져 가는 언어를 보존하고 가치를 알린다는 목적으로 소수 언어 박물관을 설립하여 각 언어의 마지막 화자들을 전시합니다. 화자들은 인간으로서의 존엄성과 정체성이 무시된 채 중앙으로부터 통제되며 '살아있는 테이프'로 전시됩니다. '나'의 마지막 화자는 이 박물관을 탈출한 적 있는 용감한 청년이었지만 늙어서는 후두암에 걸린 채 이곳에서 마지막 순간을 맞습니다. 박물관을 탈출하여 찾아갔던 고향에는, 같은 언어로 소통할 수 있는 사람들이 모두 사라져 버려 되돌아올 수밖에 없었던 것입니다. 평생을 고독 속에서 '말'을 그리워했던 마지막 화자가 죽는 순간, 그의 언어도 소멸을 맞습니다.

우리는 언어를 통해서 나의 감정과 생각을 타인에게 전달합니다. 따라서, 언어는 가장 기본적인 의사소통 수단일 뿐만 아니라 개인의 가치관과 정체성, 관계성까지 담고 있는 인류의 가장 위대한 발명품 중 하나라고 할 수 있습니다. 이토록 중요한 것이기에 언어는 쓰임에 따라 권력과 폭력이 되기도 합니다.

'언어가 사라진다'는 것은 그들의 '이야기가 사라진다'는 것입니다. 하나의 문화, 역사 더 나아가 존재가 사라지는 것이죠. 우리는 '같음'을 지향하면서 '다름'을 외면하고 있진 않을까요? 큰 목소리와 다수의 목소리에 침묵하는 미래는 결국 존재의 상실을 불러오지 않을까요? 서로에게 진실된 목소리를 들려주고 그것에 귀 기울이는, 존재만으로 가치를 인정해 주는 소통의 시대를 꿈꿔 봅니다.

■ 두 번째 만난 작품, 「시트론 호러」

"그녀는 책과 본인 사이에 어떤 긴밀함을 느꼈다. 모든 글자가 온전히 본인에게만 말을 걸고 있었다. 그녀는 책과 일대일로 사후 세계에 관한 대화를 나누었다. 오랫동안 사람과 대화하지 못한 그녀에게 독서가 주는 자극은 생각 외로 컸다."

여러분에게도 마음을 터놓고 생각을 나눌 수 있는 친구가 있나요? 이 작품에 등장하는 10년 차 유령 '공선'에게는 책이 유일한 친구입니다. 굶어 죽을 수밖에 없었던 생전에도, 유령이 된 후에도 공선은 서러웠고 쓸쓸했습니다. 만져지거나 목격되지 않아 홀로 응시밖에 할 수 없는 유령의 시간은 감상하기 혹은 감상 말하기로 채워집니다. 책만이 유일하게, 자신과 소통하며 허무한 마음을 달래 주는 친구인 것이죠.

공선은 본인의 취향에 맞는 글을 골라서 읽어 줄 독서 메이트를 찾아 같이 독서를 즐깁니다. 그녀가 원하는 독서 메이트는 효주처럼 "책을 처음부터 끝까지 천천히, 빈 부분 없이 다 읽는 독자"입니다. 효주와 같은 소설 창작 모임의 멤버인 '지민'과 '태오'는 며칠째 모습을 드러내지 않는 효주의 창작 소설을 평가하면서 사람들이 싫어할 만한 부분은 덜어 내는 것이 좋겠다고 합니다. 그렇지만 공선에게 소설의 그러한 부분이나 상대방의 하자는 그를 더 자세히 보게 하고 애정을 갖게 하는 진입로처럼 느껴집니다. 유령인 공선만이 효주를 온전히 이해하고 걱정해 주며 관계를 만들고 싫어 하는 것이죠. 상대에 대한 몰이해와 사회의 무관심에서 오는 폭력성이 유령보다 더 '호러'로 다가와 씁쓸할 따름입니다.

쏟아지는 미디어 콘텐츠를 대충 훑어보며 소비하는 것처럼 타인의 삶도 훑어보는 것만으로 전부 이해했다고 여기진 않나요? 더욱 쉽고 빠르게 서로를 연결해 주는 미디어들의 끊임없는 등장으로, 소통의 범위는 넓어졌지만 그 안에서 많은 것들을 놓치고 있을지도 모릅니다. 공선이 책을 읽는 것처럼 "천천히 빈 부분 없이" 주변을 돌아보며 지금 이 순간에도 보여지기를, 만져지기를 기다리는 존재들에게 따뜻한 시선으로 먼저 닿아 보면 어떨까요?

■ 세 번째 만난 작품, 「후원명세서」

"윤미의 의사와는 상관없이 프로그램의 방향이 정해졌다. 메인 작가는 윤미의 교복 치마가 반질반질 닳아서 반짝일수록, 운동화 뒤축이 납작하게 눌릴수록 좋은 그림이 나온다며 윤미를 설득했다."

시청률 높은 드라마가 방영하는 날이면 거리에 사람이 없고, 주말마다 TV 예능을 챙겨 보던 풍경은 이제 꽤나 구시대적인 이야기가 되었습니다. 스마트폰이 TV의 역할을 많은 부분 대체할 수 있게 되면서요. 그러나 여전히 TV는 우리에게 가장 친숙한 미디어 중 하나로 기능하고 있습니다. 「후원명세서」는 TV가 갖는 영향력을 '윤미'의 삶을 통해 잘 보여 주고 있습니다.

어린 시절 윤미는 후원금을 받는 대상으로 TV에 출연하며 방송 제작자들에 의해 좋아하는 소설이 바뀌고 진로마저 정해집니다. TV 시청자를 후원자로 끌어들이기 위해 방송은 윤미의 삶을 더 처절해 보이게 만듭니다. 시청자는 편집된 미디어를 보고 그녀의 삶을 속단한 뒤 후원을 베풉니다. 미디어에 자신을 맞춰 가며 본래의 모습을 잃어버린 윤미와 달리 스스로의 힘으로 원하는 운동화를 직접 사 신으며 자신의 삶을 살아가는 후원 아동을 보니, 윤미의 혼란스러움이 참 안타깝게 느껴집니다.

미디어가 전달하는 내용에 대해 스스로 생각해 보고 가치 판단을 내릴 때, 주체적으로 미디어를 접할 수 있습니다. 하지만 우리는 소설에 등장하는 시혜적 태도의 후원자처럼 미디어를 있는 그대로 믿고 편집의 의도대로 받아들이며 또 해석하고 있는 건 아닐까요? 보다 검증된 내용이라며 믿고 보는 매스 미디어이지만 그 검증과 편집에 어떠한 의도가 숨겨 있는지 꿰뚫어 볼 수 있는 눈이 필요합니다.

■ 네 번째 만난 작품, 「위시리스트 ♥」

"장바구니가 비워지면 나는 또다시 그곳에 물건을 채워 넣을 것이다. 그렇게 장바구니는 아무리 비워지고 비워져도 영원히 비워지지 않을 게 분명했다."

한번 인터넷 서핑을 시작하면 쉽게 그만둘 수 없는 경험, 다들 있으실 겁니다. 분명 필요에 의해 시작한 검색은 비슷한 결과를 연달아 보여 주며 꼬리에 꼬리를 물고 엉뚱한 곳으로 이어지죠. 몇 번의 클릭이 계속되면 이제 맨 처음 의도했던 검색 결과와는 너무도 멀리 떨어진 곳에 도착해 있습니다. 소설 속 '나'가 샀던 물건들이 오히려 다른 물건들을 연쇄적으로 사게 되는 이유가 되는 것처럼요.

이처럼 우리는 알고리즘의 굴레에 갇혀 무언가 절실하게 갈구하지 않아도 '위시리스트'가 채워지는 경험을 하고 있습니다. 이용자에게 맞는 정보를 필터링하여 제공하는 필터 버블은 매우 편리해 보이지만 장기적으로는 편협한 정보만을 접하게 합니다. 결국에는 다양한 시각으로 사유할 수 있는 생각의 확장력을 잃어 버리게 되는 거죠. 오히려 내가 진짜 원하는 것이 무엇이었는지 찾아가야 하는 상황에 이르는 겁니다.

「위시리스트 ♥」는 오지 않는 행운을 기다리며 가지지 못한 것들을 끊임없이 욕망하다가, 현실적인 조건 때문에 그 욕망을 포기하게 되는 과정을 반복적으로 겪으며 자기 자신을 잃어 버리고 있는 혼란스러운 세대의 모습을 잘 보여 주고 있습니다. 마이너 문화를 소비하며 돈이 되지 않는 블로그에 열심인 '문호'를 향한 시선의 변화는 과연 자신의 위시리스트가 진정 스스로 원하는 것들로 채워진 게 맞는지 다시 생각해 보게 합니다.

자신이 진정으로 원하는 것을 알기 위해서는 내면을 성찰하고 사유하는 시간이 필요하지 않을까요? 다른 사람의 SNS를 통해 그들의 취향이 내 취향인 것마냥 착각하며 가득 채워 놓았던 위시리스트를 비우고, 진정한 자신을 찾아야지만 그 자리를 '진짜'로 다시 채울 수 있지 않을까 생각해 봅니다.

■ 다섯 번째 만난 작품, 「지아튜브」

"난 그냥 아빠랑 노는 게 좋아서 내가 제일 잘하는 걸 했을 뿐인걸. 지아가 연기를 잘하면 아빠가 좋아하니까, 조회 수랑 구독자 수가 쑥쑥 올라가고 그럼 엄마까지 신이 나니까."

영상 콘텐츠 플랫폼인 유튜브는 현대인들의 일상에서 물리적, 심리적으로 빠질 수 없는 존재가 되었습니다. 유튜브가 하나의 패러다임이 되었다고 해도 과언이 아니죠. 형태를 막론하고 미디어는 분명히 빛과 그림자가 공존합니다. 유튜브와 같은 개인 미디어의 경우 그 명암이 더욱 극명한데요. 그 이유는 타인의 반응과 평가가 개인의 경제적 가치로 환산되기 때문입니다. 우리는 「지아튜브」를 통해, 타인(어른들)이 설정한 경제적 가치를 상실해 버린 어린이 유튜버의 일기장을 훔쳐보게 됩니다.

현실의 어딘가에도 이렇게 혼자 아파하고 있는 또 다른 지아가 있을 것 같다는 생각이 들어 가슴이 쩌릿해져 옵니다. 더불어, 부모님과 사이를 틀어지게 만든 '희진 언니'를 책망하는 지아를 보며 어른의 역할에 대해서도 생각해 보지 않을 수 없었습니다. 희진 언니의 지아튜브 고발은 옳지 않은 현상에 대한 단순한 폭로가 아니라 어쩌면 한 사람을 살리고자 하는 절실함의 폭로가 아니었을까요.

유명 크리에이터들의 화려함 이면의 고단한 삶은 지아와 같은 어린이 유튜버들만의 문제는 아닐 거예요. 구독자를 잃지 않기 위해 끊임없이 자신을 포장하면서 느끼는 혼란, 멈추지 않는 러닝머신 위를 달리는 듯한 압박감으로 진정한 자신을 잃어버리는 이들을 종종 목도할 수 있습니다. 내가 누구인지, 어디로 가야 하는지 알지 못한 채로요.

「지아튜브」는 우리로 하여금 미디어를 건강하게 활용하는 방법을 고민하게 합니다. 개인의 고유한 특성을 진솔하게 표현하고, 무책임한 비난과 비방을 최소화하며 타인과 소통할 때 미디어는 훌륭한 의사소통 수단이 될 수 있을 거예요. 미디어의 힘이 날로 커져 가는 세상 속에서 인간으로서의 존엄을 지키며 삶을 꾸려 나가는 우리가 되길 바라 봅니다.

■ 여섯 번째 만난 작품, 「무료나눔 대화법」

"조건에 맞지 않는다면 대화를 그만둬야 한다. 정말이지 내가 알고 싶은 건 지금 가져갈 수 있는지 그뿐이었다. 가능하세요? 가능합니다. 무료나눔 대화는 이래야 했다."

최근 중고 거래 앱은 비교적 쉬운 접근성 덕에 세대를 두루 아우르며 활발히 이용되고 있는 미디어로 자리 잡게 되었습니다. 「무료나눔 대화법」은 중년 남성 '나'가 중고 거래 앱을 이용하며 겪는 내적 갈등과 변화를 유쾌하게 그린 작품으로, 중고 거래 앱으로 타인과 소통해 본 독자들이라면 주인공의 상황에 비교적 쉽게 공감할 것 같습니다.

'나'는 중고 거래 앱으로 무료나눔을 할 때는 상대방의 구구절절한 내막까진 알 필요 없고 알고 싶지도 않으며, 당장 물건을 가져갈 수 있는지만 확인하는 '효율적 소통'을 원합니다. 소위 요즘 애들에 대한 편견을 갖고 거래를 시작하지만, 물건을 가지러 온 사람들에게 점점 마음을 열게 되면서 마지막에는 게임기 사용법도 먼저 물어보죠.

'나'는 이렇게 대화로 낯선 타인과의 소통을 시도하고 편견을 해소해 가지만 정작 가족과의 소통에는 어려움이 있어 보입니다. 적당한 예의를 갖추고 간략한 이야기를 통해 서로 목적을 달성하면 깔끔하게 대화가 종료되는 것. 일명 '쿨거래'가 가족 간에는 성립되기 어렵기에 이런 대화 방식이 사용될 경우 서로에게 적잖은 상처가 되고 때론 회복할 시간도 필요하게 되는 건 아닐까요? 어쩌면 '나'는 기대와 바람을 내려놓은 채 진정 '쿨하게' 가족을 이해해 보려 하지 않고 자신이 원하는 방향과 결과로만 판단하고 재단했던 건 아니었을지요.

10여 년 동안 사용했지만 점점 낯설게 보이는 식탁처럼 가족도 점점 낯선 존재가 되어 가는 듯합니다. '나'가 오랫동안 가족과 함께했던 식탁을 떠나보내는 과정에서 우연한 기회에 배운 '무료나눔 대화법'을 아내와 딸에게도 적용해 보며 가족과의 관계를 점차 개선해 나가는 모습을 그려 봅니다.

■ **일곱 번째 만난 작품, 「고요한 시대」**

"자기 마음을 드러내 보이고 싶은 사람이 세상에 얼마나 되겠어요? 인터넷이 처음 생겼을 무렵에도 누군가는 말했을 것이다. 남들 다 보는 블로그에 제 사생활 기록할 사람이 세상에 어디 있겠어?"

기술의 발전으로 세상은 너무도 빠르게 변하고 세대 간의 격차도 점점 벌어지고 있습니다. 익숙한 세상은 하루가 다르게 구시대가 되어 가고 새로운 세상은 낯설게 다가오고 있죠.

'영희'와 손녀는 서로 경험한 미디어가 달라 의사소통이 잘 이루어지지 않습니다. 영희와 같은 기성세대의 미디어 '인터넷'은 익명성이라는 특징 때문에 상대를 모르는 채로 소통할 수 있지만, 손녀가 속한 젊은 세대의 미디어 '마인드넷'은 자신을 전부 드러내야 소통할 수 있습니다. 변화를 두려워하는 이곳 기성세대는 젊은 세대를 걱정하는 척, 새로운 기술을 배척하며 자신들에게 익숙했던 구시대가 변하지 않도록 애쓰고 있지요.

인지 언어학자인 영희는 총선에서 무소속 의원들에게 '무정부주의자의 테러'라는 프레임을 씌워 여론을 선동한 뒤 승리하였습니다. 대선에서도 젊은 세대의 높은 지지를 받는 시민 후보에게 언어를 활용해 부정적 심상을 만들어 씌운 후 지지율을 떨어뜨리려 하지만 결국 실패합니다. 왜냐하면, 해당 시민 후보는 마인드 넷이라는 새로운 매체를 통해 자신의 삶과 마음을 모든 사람에게 공개했고, 사람들은 그의 삶과 진실된 마음을 알기 때문에 그를 교묘하게 흠집 내려는 말들에 흔들리지 않았던 것이죠. 바야흐로 언어가 통하지 않는, '고요한 시대'가 도래한 것입니다.

젊은 세대의 승리로 고요한 시대는 막을 엽니다. 이 승리는 결국 세상이 계속해서 앞으로 나아갈 것이라는 미래를 확신하는 듯합니다. 새로운 시대를 이끌어 갈 세대는 기존의 프레임을 깨고 진실한 눈으로 세상을 바라보며 책임감 있게 사회를 만들어 나아가기를 기대해 봅니다. 더 나은 미래를 위해서요.

■ **여덟 번째 만난 작품, 「바이센테니얼 비블리오필」**
"읽지 않고, 쓰지 않고, 생각하지 않고, 매사에 이미 남들이 반응하는 대로만 반응하며 그저 검색할 뿐인 사람들."

2016년 세기의 바둑 대결에서 승리하며 세상을 놀라게 했던 인공 지능은, 이후에도 진화를 거듭하여 인간 고유의 영역으로만 생각했던 창작마저 손쉽게 해내는 수준에 이르렀습니다. 요즘 주목받고 있는 생성형 인공 지능 챗GPT의 경우, 언어의 맥락까지 파악할 수 있어 이전보다 훨씬 자연스럽게 인간과의 상호 작용이 가능하며 스스로 논문, 자기소개서, 소설까지 만들어 내곤 합니다. 이미 발 빠르게 챗GPT를 활용하여 효율성을 극대화하는 분야도 늘어나고 있습니다. 이처럼 우리는 생활의 점점 더 많은 부분을 인공 지능에게 의지하게 될 것입니다.

　뇌가 네트워크로 연결되고 인공 지능이 대부분의 지적 활동을 대신하는 시대에도 '책'은 여전히 가치 있을까요? 이 작품 속 미래의 인간들은 일을 하거나 배우지 않아도 정부 보조금으로 생계를 유지할 수 있습니다. 고도로 발달한 기술 덕분에 기억이나 연산은 인공 지능이 대신하고 인간은 더 깊은 사유와 창작을 할 수 있는 시간을 벌게 된 것이죠. 하지만 이 풍요로움 속에서, 앞으로 나아가기보단 생각하는 법을 잊어버리고 순간의 즐거움을 충족시키는 것에 몰두하는 사람들의 모습은 기술의 발달을 한탄하게 합니다.

　'윤현'과 '황재윤'은 글과 글 사이를 머물며 사색하는 공간의 의미를 잘 알고 있습니다. 이 공간은 눈으로 책을 읽을 때만 찾을 수 있지요. 그 경험을 결코 놓치고 싶지 않았던 독서광 황재윤이 '앎'을 향한 탐욕에 빠져 200살 넘도록 기괴한 모습으로 생명을 연장하고 있는 모습이 조금은 이해되실지요?

　인공 지능에 의존하여 살아가야 할지 모르는 미래에도, 생물학

적으로만 살아 있는 것이 아니라 '인간'으로서 살아가려면 어떻게
해야 할까요? 인간을 인간답게 하는 것은 과연 무엇일까요? 이 작
품의 행간 속에서 함께 고민해 볼 수 있기를 바랍니다.

작품 출처

◆ 김애란, 「침묵의 미래」_『바깥은 여름』, 문학동네 2017

◆ 구소현, 「시트론 호러」_『소설 보다: 가을 2021』, 문학과지성사 2021

◆ 오선영, 「후원명세서」_『호텔 해운대』, 창비 2021

◆ 서이제, 「위시리스트 ♥」_『릿터 32호』, 민음사 2021

◆ 김혜지, 「지아튜브」_『대가 없는 일』, 민음사 2021

◆ 임현석, 「무료나눔 대화법」_조선일보 신춘문예 2022

◆ 김보영, 「고요한 시대」_『얼마나 닮았는가』, 아작 2020

◆ 전혜진, 「바이센테니얼 비블리오필」_『아틀란티스 소녀』, 아작 2021

연결하는 _____ 소설

미디어로 만나는 우리

초판 1쇄 발행 2023년 6월 23일
초판 4쇄 발행 2024년 9월 20일

지은이 • 김애란 구소현 오선영 서이제 김혜지 임현석 김보영 전혜진
엮은이 • 배우리 김보경 윤제영
펴낸이 • 김종곤
편집 • 박유진
펴낸곳 • (주)창비교육
등록 • 2014년 6월 20일 제2014-000183호
주소 • 04004 서울특별시 마포구 월드컵로12길 7
전화 • 1833-7247
팩스 • 영업 070-4838-4938 / 편집 02-6949-0953
홈페이지 • www.changbiedu.com
전자우편 • contents@changbi.com

ⓒ 김애란 구소현 오선영 서이제 김혜지 임현석 김보영 전혜진 2023
ISBN 979-11-6570-217-5 43810